心ゆたかな言葉

ハートフルキーワーズ
Heartful keywords

一条真也

わが先考　佐久間進に捧げる

二〇二四年九月二〇日の朝、父・佐久間進が旅立った。行年九〇歳で堂々と人生を卒業していった父は、國學院大學で国学や日本民俗学を学び、冠婚葬祭互助会を生業とした。

父は生前に多くの言葉を遺した。「何事も陽にとらえる」「礼経一致」「最高の満足 最高の利益」「対話こそ人生」「感謝と笑顔と思いやり」「太陽はまた昇る」「人類愛に奉仕する」「八美道」などが代表だが、京都大学名誉教授で宗教哲学者の鎌田東二先生は、「折口信夫が理論国学者なら、佐久間進は応用国学者ないし臨床国学者である」と言われた。

中国では、亡くなった父親のことを「先考」という。父はまさにわたしが考えていたことを先に考えていた人であった。父の考えはスケールが大きく、かつ具体性に富んでいた。そして、そこには常に、人が助け合い、支え合う「互助共生社会」のビジョンがあった。

「死は不幸ではない」というのはわが信条の一つだが、最も親しい存在である「親」が亡くなるということは不幸ではないが、やはり寂しい。しかし、肉体は滅んでも、父の言葉は残っている。言葉は生命である。父の精神はいまも生きているのだ。

序文

礼の言霊

京都大学名誉教授
宗教哲学者
鎌田東二

一条真也の造語感覚は父親譲りである。

父である故佐久間進氏（一九三五〜二〇二四）は起業家の草分けである。日本に「互助会」という冠婚葬祭の新しい講組織のような新鮮でニーズに叶ったかたちを作り上げた。それは一つの社会運動でもあり、ビジネス展開であり、本書の著者一条真也氏が提唱する「ハートフル」「ハートピア」「ハートビジネス」「ハート化社会」や「有縁社会」の実践でもあった。その意味で、一条真也氏の最大最高の先駆形は父・佐久間進氏であった。

特に、佐久間進氏が提唱した「八美道」（一　慎みの心、二　敬いの心、三　思いやりの心、四　親切の心、五　いたわりの心、六　やさしい心、七　あたたかい心、八　助け合いの心）や「物の豊かさ（土地・家・車・金）の追求ではなく、心の豊かさ（礼節・信義・奉仕）の追求でありたい。」など、座右の銘になるものが多い。

佐久間進―佐久間庸和（一条真也）の父子関係を私はそばで見ていて、常々、「最強の父子関係」だと思ってきた。子が父を敬愛の眼で見上げ、父は子を慈愛と厳格さをもって対処する。父はこのまなざしによっておのれをさらに磨き上げ、子は父の言葉と行動でみずからを研磨しつづけ、今日に至った。その六〇年余におよぶ父子関係の二人三脚は、かけがえのないものであり、ちょっと近年類例のないほどの孝養教化の手本ともいえるものだ。

佐久間進氏が育った房総安房から日蓮は、その書簡の中で「一切の善根の中に孝養父母は第一にて候」「子にすぎたる財なし」と記しているが、佐久間進―一条真也父子を見ていて、その感をいっそう深くする。

父はその子によっていっそう父として輝き聳え、子はその父によっていっそう自らの深みと高みをめざす。


今、この時代はまったく見通しの見えない、価値観も全崩落したような凄惨な様相を見せている。家庭においても、地域社会においても、学校やさまざまな施設や会社においても問題百出である。

政治も経済も教育文化も混乱に混乱を重ねている。指針になるもの、頼りになるもの、支えになるものが見出しがたい暗黒のような状況に陥っている。

だが、どのような暗闇の中でも、人は光明を見出し、それを灯明として掲げるものだ。「一隅を照らす」（最澄）探究をつづけるものである。そして、「菩提心を因とし、大悲を根とし、方便を究竟とす」（『大日経』第一十心品 三句法門）るものである。

その灯明となるものが、「ことば」である。「マントラ（真言）」である。心を耕し、生きる活力を生み出し、行動に促す言葉である。

人間の偉大な力は、その行動を支える心を明るくし、勇気づけ、エンパワメントする言葉を生み出すことができるところにある。これは、人間以外の他の動植物にはなしえない人間特有の大きな力である。

暗闇の中にあっても、まことの言葉は光り輝くのだ。


本書『心ゆたかな言葉』は、佐久間進―一条真也（佐久間庸和）というこの稀有なる父子の合作の書であり、有縁社会への祈りのマントラの書である。

「結婚は最高の平和である」、「死は最大の平等である」、「神は太陽 仏は月」、「儀式なくして人生なし」

これらの言葉のすべてに、父子の祈りの真言が籠っている。鳴り響いている。

この真言が、この先行きの見えない薄明の時代の力強い灯明になると確信する。ぜひ折に触れて、その日の縁語として、本書を活用していただきたい。

まえがき

死は不幸ではない

わたしは、「死は不幸ではない」といつも口にしています。

「不幸」の反対は「幸福」です。物心ついたときから、わたしは人間の「幸福」というものに強い関心がありました。学生のときには、いわゆる幸福論のたぐいを読みあさりました。それこそ、本のタイトルや内容に少しでも「幸福」の文字を見つければ、どんな本でもむさぼるように読みました。

そして、わたしは、こう考えました。政治、経済、法律、道徳、哲学、芸術、宗教、教育、医学、自然科学…人類が生み、育んできた営みはたくさんある。では、そういった偉大な営みが何のために存在するのかというと、その目的は「人間を幸福にするため」という一点に集約される。さらには、その人間の幸福について考えて、考えて、考え抜いた結果、その根底には「死」というものが厳然として在ることを思い知りました。

そこで、わたしが、どうしても気になったことがありました。それは、日本では、人が亡くなったときに「不幸があった」と人々が言うことでした。

わたしたちは、みな、必ず死にます。死なない人間はいません。いわば、わたしたちは「死」を未来として生きているわけです。その未来が「不幸」であるということは、必ず敗北が待っている負け戦に出ていくようなものです。

わたしたちの人生とは、最初から負け戦なのか。どんな素晴らしい生き方をしても、どんなに幸福感を感得ながら生きても、最後には不幸になるのか。誰かのかけがえのない、愛する人は、不幸なまま、その人の目の前から消えてしまったのか。亡くなった人は「負け組」で、生き残った人たちは「勝ち組」なのか。わたしは、そんな馬鹿な話はないと思いました。わたしは、「死」を「不幸」とは絶対に呼びたくありません。なぜなら、そう呼んだ瞬間、わたしは将来かならず不幸になるからです。

死は決して不幸な出来事ではありません。愛する人が亡くなったことにも意味があり、残されたことにも意味があるのだと確信しています。そして、わが社は、人が亡くなっても「不幸があった」と言わなくなるような葬儀の実現をめざしています。

わたしは、これからも「死は不幸ではない」と伝えていきたいと思います。

死ぬまで、そして死んだ後も、伝え続けていくつもりです。

目次

■第2章■　温故知新

■第3章■　しごとことば

第１章

一条語

ハートフル

「一条語」とは、わたしが生み出したオリジナルの言葉です。わたしの造語の数々を、この際もう一度おさらいして、その意味を定義したいと思います。言葉の出典や意味が混乱してきているような気がするからです。

まずは、わたしの代名詞とされている「ハートフル」から始めましょう。

人は感動する事によってハートフルになれます。天にも昇るような、おいしいものを食べてハートフルになったり、魂を揺り動かすような音楽を聴いて、映画を観て、テーマパークで遊んで、ハートフルになったりします。素晴らしい自然に触れたり、スポーツで汗を流したりするうちにハートフルになることもあります。また、結婚式という人生で最も輝いたセレモニーにおいてハートフルになる人も 多いでしょう。

「ハートフル」とは心の満月です。月が人間の精神に与える影響については『ロマンティック・デス』という本で詳しく書きましたが。その人間の精神そのもの、つまり心というものも月に似ているとわたしは思います。人は倦怠しているとき、下弦の月のごとく、その精神の四分の三が影となっています。何かで悩んだり、ねたみ、そねみ、憎しみなどのネガティブな感情に陥っているとき、暗雲に隠された月のように心も 闇に覆われているのです。しかし、何かで感動したり、幸福感などでにわかに活気づくと、心の満月が突然現れ、人は自分の内側にある生命の源と触れ合っていると感じます。この心の満月が「ハートフル」なのです。

『ハートフルに遊ぶ』から
「ハートフル」という
コンセプトが生まれた。

処女作『ハートフルに遊ぶ』
（1988年５月20日）

「ハートフル」をつきつめてゆくと、アメリカの心理学者エイブラハム・マズローが唱えた究極の幸福感である「至高体験」、ロマン主義文学者や宗教家たちの説く「神秘体験」、宇宙飛行士たちが遭遇した「宇宙体験」、そして死にゆく人々を強い幸福感で包むという「臨死体験」などにも関わってきます。すべての人間はハートフルという幸福感のビックウェイブを持つサーファーなのではないでしょうか。

さらに二一世紀には、「高度情報社会」を迎えました。「ＩＴ社会」とも呼ばれています。

ＩＴとはインフォメーション・テクノロジーの略ですが、重要なのはＩ（情報）であって、Ｔ（技術）ではありません。その情報にして技術、つまりコンピューターから出てくるものは過去のものにすぎません。情報社会の本当の主役はまだ現れていません。

情報とは何か？

I nformation（内容＝ソフト） **C** ommunication（交信＝ハート） **T** echnology（技術＝ハード）	**情**（こころ）＝ 心の動き→思いやり・感謝・感動・癒し **報**（しらせ）＝ コミュニケーション手段

では、本当の主役、本当の情報とは何でしょうか。

情報の「情」とは、心の動きにほかなりません。

本来の情報とは、心の動きを報せることなのです。

だから、真の情報社会とは、心の社会なのです。

そこで「ハートフル」が出てきます。

「ハートフル」とは、思いやり、感謝、感動、癒し……あらゆる良い心の働きを表現する言葉です。

それは仏教の「慈悲」、儒教の「仁」、キリスト教の「隣人愛」などにも通じます。それは自らの心にあふれ、かつ、他人にも与えることのできるものなのです。


　そして今、「ＩＣＴ社会」へと進化しています。

ＩＴＣとは、「インフォーメーション&コミュニケーション・テクノロジー」の略です。ＳＮＳをはじめとした新しい通信技術が可能にした社会は、他人と通じ合いながら、さらなる「ハートフル」を実現しようとしています。

ハートフルとは？

礼（禮）＝ハートフル＝人間尊重

 示　**禮**　豊 

示＝神 → 宗教的な儀式 ← 祭事に供え物を盛る器

↓

「禮（礼）」は儒教の真髄ともいえる思想

＝

「人間尊重」

↑

示＝心 → ハートフル（Heartful） ← 豊か

※ハートフル（Heartful）とは、著者が1988年5月に上梓した処女作『ハートフルに遊ぶ』で初めて提起

↓

「思いやり」「感謝」「感動」「癒し」を表現する造語

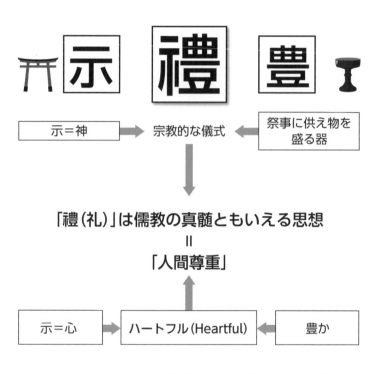

「ハートフル」は、わたしの考え方を集約する言葉です。わたしが一九八八年に『ハートフルに遊ぶ』（東急エージェンシー）という本を書き、初めて生み出した言葉です。この言葉は流行語になり、その後、北九州市のスローガンにもなりました。その「ハートフル」とは、じつは「礼」の同義語でもあるのです。「礼」は、儒教の神髄ともいえる思想です。それは、後世、儒教が「礼教」と称されたことからもわかるでしょう。

そもそも「礼（禮）」という字は、「示」と「豊」とから成っています。

漢字の語源にはさまざまな説がありますが、「示」は「神」という意味で、「豊」は「酒を入れた器」という意味があるといいます。つまり、酒器を神に供える宗教的な儀式を意味します。古代には、神のような神秘力のあるものに対する禁忌の観念があったので、きちんと定まった手続きや儀礼が必要とされました。これが、「礼」の起源だとされます。

ところが、「礼」の語源にはもう一つの説があります。ここが非常に重要です。「示」は「心」であり、「豊」はそのままで「ゆたか」だというのです。ということは、「礼」とは「心ゆたか」、つまり「ハートフル」ということになります。わたしの父であり、サンレー創業者の佐久間進は一九六六年の創業以来、ずっと「礼」を追求してきましたが、わたしが考案した「ハートフル」という言葉もじつは「礼」と同じ意味だったのです！

ハートピア

「ハートピア」とは、その名の通りに「心の理想郷」です。

そして、心の理想郷としての「ハートピア」には二つの種類があります。一つは天国とか極楽とか呼ばれる、あの世の理想郷のことで、これを「ハートピア・ゼア」と呼びます。『リゾートの思想』（河出書房新社）および『リゾートの博物誌』（日本コンサルタントグループ）にも書いたように、リゾートをはじめとした地上の空間づくりに関わるとき、最大のヒントになるのはハートピア・ゼアのイメージでしょう。なぜなら、ユートピアやパラダイスの豊富なバリエーションとは異なり、世界中の各民族・各宗教における天国観は驚くほど共通性が高く、それゆえイメージが普遍的だからです。心理学者のカール・グスタフ・ユングも言うように、神話は民族の夢であり、天国こそは人々が「かく在りたい」という願いの結晶。その夢や願いを地上に投影したものが「理想土《リゾート》」なのです。

もう一つの「ハートピア」は、この世でわれわれが創造するべき愛と平和の波動に包まれた心の共同体で、これを「ハートピア・ヒア」と呼びます。ハートピア・ヒアは幸福な人々がつながった心のネットワークです。真の心の理想郷は、私的幸福である「ハートフル」と公的幸福である「ハートピア」が調和したときに初めて生まれます。

一九六六年に生誕一〇〇周年を迎えた宮沢賢治は『農民芸術概要綱論』の序論において、以下のように告げています。

「世界がぜんたい幸福にならないうちは個人の幸福はあり得ない、自我の意識は個人から

理想郷の図式

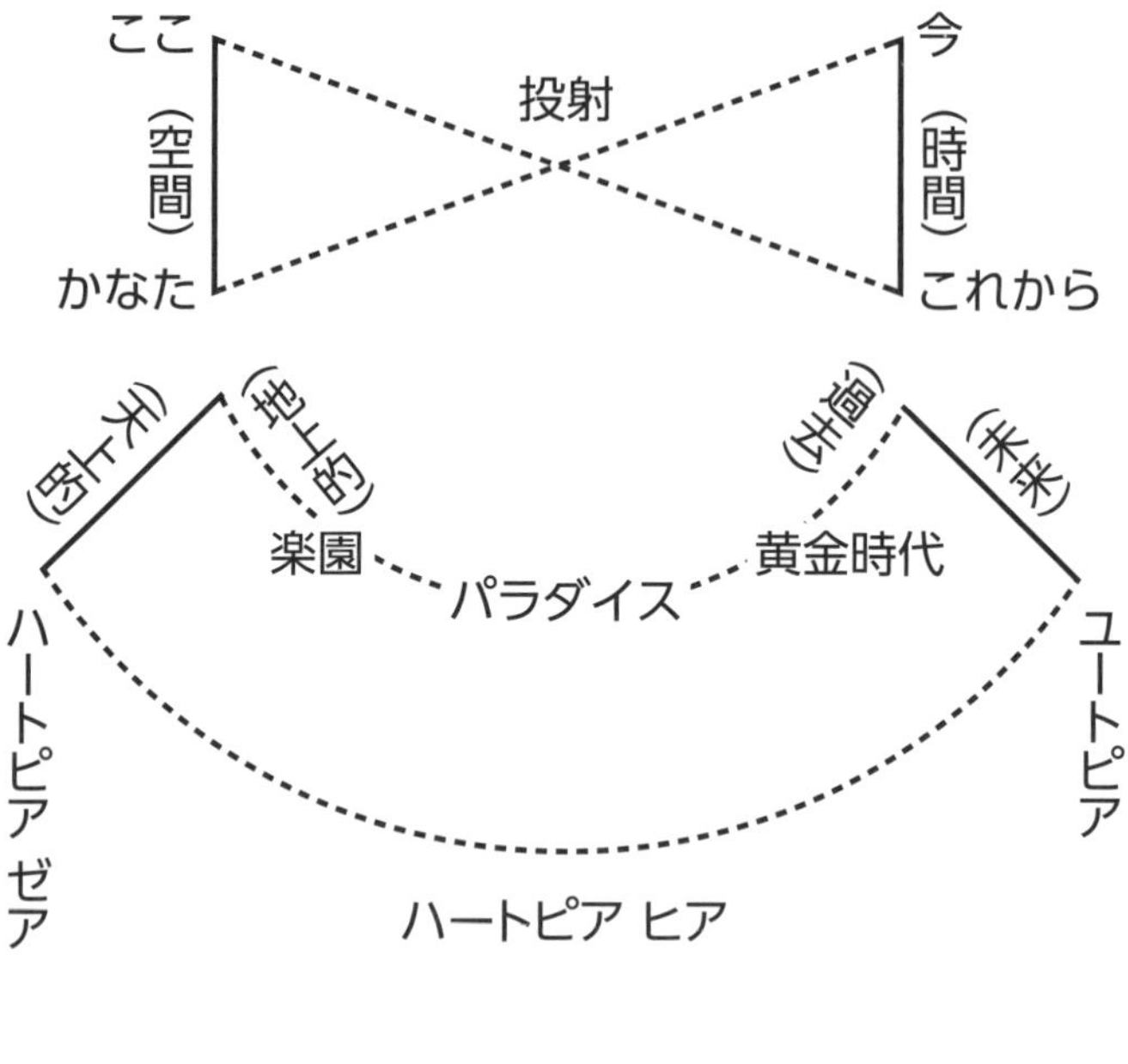
ここ
（空間）
かなた
投射
今
（時間）
これから
（天上的）
（地上的）
（過去）
（未来）
楽園
パラダイス
黄金時代
ハートピア ゼア
ユートピア
ハートピア ヒア

集団的社会宇宙と次第に進化する、この方向は古い聖者の踏みまた教へた道ではないか、新たな時代は世界が一の意識になり生物となる方向にある、正しく強く生きるとは銀河系を自らの中に意識してこれに応じて行くことである、われらは世界のまことの幸福を索ねよう、求道すでに道である」

　また、われわれの心は一見バラバラのようでも実は深いところでつながっていることをユングは発見しました。ユングはすべての人間の心に共通する底流があると考え、それを「集合的無意識」と名づけました。われわれの心が深部でつながっているのなら、賢治のいうように「世界が一の意識になり」「世界のまことの幸福」を獲得することも夢ではないはずです。そのときこそ、ハートピア・ヒアがわれわれの前に出現します。

　この二つの「ハートピア」については、一九九二年に上梓した『ハートビジネス宣言』（東急エージェンシー）で詳しく説明しました。

ハートビジネス

一九九二年に上梓した『ハートビジネス宣言』（東急エージェンシー）で初めて提示された「ハートビジネス」とは、人を幸福にするビジネスです。冠婚葬祭、ホテル、イベント、リゾート、エンターテインメント、アート、スポーツ、レストラン、ナイトスポット、その他いろいろ……ハートビジネスは人の心に働きかけ、感動を与えたり、病んだ心を癒したりすることができます。つまり、「感動」と「癒し」のビジネスなのです。

ハートビジネスは、「心ゆたかな社会」としてのハートフル・ソサエティにおいて産業の主流となっていきます。ハートビジネスには さまざまな業種がありますが、現在、「第三次産業」としてひとくくりにされています。しかし、この第三次産業という概念は経済学者コーリン・クラークが一九四〇年代に提案したものであり、時代遅れ以外の何ものでもありません。現在の産業は七つのレベルで分類するとわかりやすいでしょう。

第一次と第二次は従来通り。第三次は手や足などによる「筋肉サービス」で、代表的な業種は洗濯業、宅配業、運送業など。

第四次は、いわゆる装置産業で、知恵によって開発して筋肉によって保守などをする「複合サービス」。金融機関、私鉄、貸しビル、不動産業などがこれに含まれます。

第五次は知恵のサービスで、教師、コンサルタント、システム、エンジニアなど。マスコミやシンクタンクもここに入ります。

第六次は情報サービスで、レジャー施設業、映画会社、劇団、芸術家など。

第７次産業としての
ハートビジネス

第７次　精神サービス

寺社・寺院・教会・**冠婚葬祭（ハートビジネス）**など

第６次　情緒サービス

テーマパーク・映画会社・劇団・芸術家 など

第５次　知恵サービス

教師・コンサルタント・システムエンジニア など

第４次　複合サービス

金融機関・私鉄・不動産業 など

第３次　筋肉サービス

宅配業・運送業・洗濯業 など

第２次

製造業

第１次

農林水産業

第七次が宗教サービスで、冠婚葬祭業、神社、寺院、教会などが含まれます。

つまり、高次の産業になればなるほど付加価値が高くなり、ハートビジネスは主に第六次と第七次の産業に集中しています。ハートビジネスとは人をハートフルにし、ハートピアを想起させる心のビジネスです。

ハート化社会

人類はこれまで、農業化、工業化、情報化という三度の大きな 変革を経験してきました。それらの変革は、それぞれ農業革命、産業革命、情報革命と呼ばれます。

第三の情報革命とは、情報処理と情報通信の分野での化学技術の飛躍が引き金となった工業社会から情報社会への社会構造の革命で、そのスピードはインターネットの登場によって加速する一方です。そして、「情報化」からは「ソフト化」という社会のトレンドを表す新しいキーワードも生まれました。

しかし、わたしは、一九八八年に上梓した『ハートフルに遊ぶ』において、時代はすでに「ソフト化」から「ハート化」へと移行しているのではないかと述べました。ハート化社会とは、人間の心というものが最大の価値を持ち、人々が私的幸福である「ハートフル」になろうとし、公的幸福である「ハートピア」の創造を目指す社会のことです。

わたしたちの直接の祖先をクロマニョン人などの後期石器時代の狩猟や採集中心の生活をしていた人類とすれば、狩猟採集社会は数万年という単位で農業社会に移行したことになります。そして、農業社会は数千年という単位で工業社会に転換し、さらに工業社会は数百年という単位で二〇世紀の中頃に情報社会へ転進したわけです。

それぞれの社会革命ごとに持続する期間が一桁ずつ短縮しているわけで、すでに数十年を経過した情報社会が第四の社会革命を迎えようとしていると想定することは自然であると言えるでしょう。現代社会はまさに、情報社会がさらに高度な心の社会に変化しつつあ

人類社会の流れ

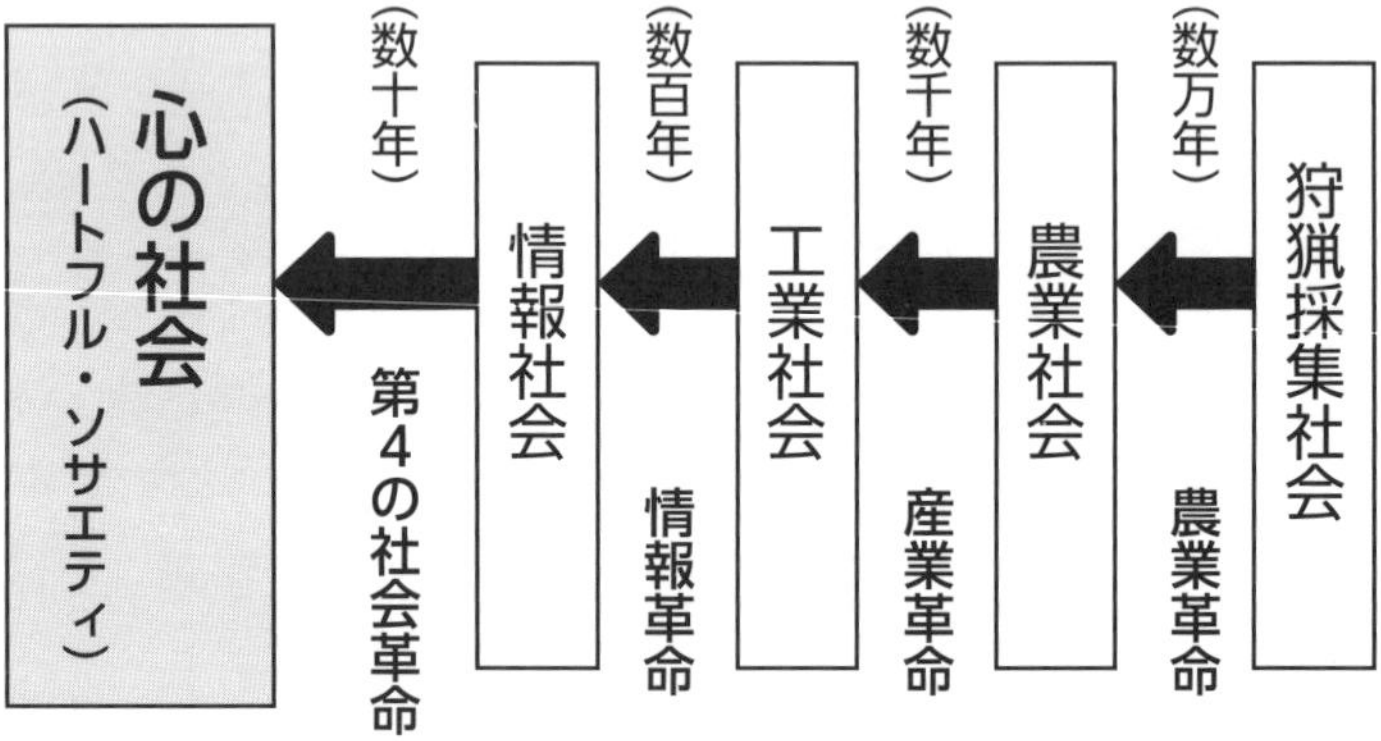

る「ハート化社会」なのではないでしょうか。そして、ハート化社会の行き着く先には「心の社会」があり、さらにその先には「心ゆたかな社会」としてのハートフル・ソサエティがあります。

もう何十年も前から「情報化社会」が叫ばれてきましたが、疑いもなく、現代は高度情報社会そのものです。経営学者ピーター・ドラッカー（一九〇九年〜二〇〇五年）は、早くから社会の「情報化」を唱え、後のＩＴ革命を予言していました。

では、本当の主役、本当の情報とは何でしょうか。

日本語で「情報」とは、「情」を「報《しら》」せるということ。「情」は現在では「なさけ」と読むのが一般的ですが、『万葉集』などでは「こころ」と読まれています。わが国の古代人たちは、「こころ」という大和言葉に「心」ではなく「情」という漢字を当てたのです。求愛の歌、死者を悼む歌などで、自らのこころを報せたもの、それが『万葉集』だったのです。すなわち、情報の情とは、心の働きにほかなりません。本来の意味の情報とは、心の働きを相手に報せることなのです。

では、心の働きとは何か。それは、「思いやり」「感謝」「感動」「癒し」といったものです。そして、真の情報産業とは、じつはＩＴ産業のことではなく、ポジティブな心の働きをお客様に伝える産業、つまりは冠婚葬祭業に代表されるホスピタリティ・サービス業のことなのです。『ハートフル・ソサエティ』（三五館）で述べたように、わたしは、次なる社会は人間の心が最大の価値をもつ「ハートフル・ソサエティ」だと思います。

ハートフル・ソサエティは「ポスト情報社会」などではなく、新しい、かつ本当の意味での「リアル情報社会」です。そこでは、特に「思いやり」が最重要情報となります。

仏教の「慈悲」、儒教の「仁」、キリスト教の「隣人愛」をはじめ、すべての人類を幸福にするための思想における最大公約数とは、おそらく「思いやり」という一語に集約されるでしょう。「心ゆたかな社会」としてのハートフル・ソサエティとは「思いやり社会」の別名です。そして、「思いやり」を形にしたものこそ東洋の「礼」であり西洋の「ホスピタリティ」なのです。

アンドフル・ワールド

わたしは、『ユダヤ教ｖｓキリスト教ｖｓイスラム教』（二〇〇六年）、『神道&仏教&儒教』（二〇〇七年）という二冊の宗教の本を書き、だいわ文庫から上梓しました。

現在の世界情勢は混乱をきわめています。二〇〇一年に起こった９・11同時多発テロからイラク戦争へとつながった背景には、文明の衝突を超えた「宗教の衝突」がありました。ユダヤ教、キリスト教、イスラム教の三宗教は、その源を一つとしながらも異なる形で発展しましたが、いずれも他の宗教を認めない一神教です。宗教的寛容性がなければ対立し、最後は戦争となります。

一方、八百万の神々をいただく多神教としての神道も、「慈悲」の心を求める仏教も、思いやりとしての「仁」を重要視する儒教も、他の宗教を認め、共存していける寛容性を持っています。自分だけを絶対視しません。自己を絶対的中心とはしません。根本的に開かれていて寛容であり、他者に対する畏敬の念を持っています。ゆえに、神道も仏教も儒教も日本において習合または融合できたのです。そして、その宗教融合を成し遂げた人物こそ、聖徳太子でした。十七条憲法や冠位十二階に見られるごとく、聖徳太子は世界史上にも稀な偉大な宗教編集者でした。

聖徳太子は、儒教によって社会制度の調停を図り、仏教によって人心の内的不安を解消する。すなわち心の部分を仏教が担う、社会の部分を儒教が担う、そして自然と人間の循環調停を神道が担う……三つの宗教がそれぞれ平和分担する「和」の宗教国家構想を説きました。室町時代に神道家の吉田兼倶《かねとも》が、仏教は万法の花実、儒教は万法の枝葉、神道は万法の根本とする「根本枝葉果実説《こんぽんしようかじつせつ》」を唱えましたが、このルーツも聖徳太子です。

この聖徳太子の宗教における編集作業は日本人の精神的伝統となり、鎌倉時代に起こった武士道、江戸時代の商人思想である石門心学、そして今日にいたるまで日本人の生活習慣に根づいている冠婚葬祭など、さまざまな形で開花していきました。

冠婚葬祭の中にも神道・儒教・仏教が混ざり合っていると言えます。

神前結婚式は決して伝統的なものではなく、それどころか、キリスト教式、仏式、人前式などの結婚式のスタイルの中で一番新しいのが神前式なのです。もちろん古くから、日本人は神道の結婚式を行ってきました。でもそれは、家を守る神の前で、新郎と新婦がともに生きることを誓い、その後で神々を家に迎えて、家族、親戚や近隣の住民と一緒にごちそうを食べて二人を祝福するものでした。つまり、昔の結婚式には宗教者が介在しなかったのです。神道もキリスト教も関係ない純粋な民間行事であったわけです。しかし、日本における冠婚葬祭の規範であった小笠原流礼法は朱子学すなわち儒学を基本としていました。昔の自宅結婚式の流れは小笠原流が支配していましたから、その意味では日本伝統の結婚式のベースは「礼」の宗教である儒教だったとも言えます。

結婚式における神前式と同様、多くの日本人は昔から仏式葬儀が行われてきたと思っています。葬儀や法要に仏教が関与するようになったのは仏教伝来以来早い段階から見ることができます。しかし、仏式葬儀の中には儒式葬儀の儀礼が取り込まれています。

仏壇も、仏教と儒教のミックスです。もし住居にお仏壇がある場合、仏教徒なら、朝の御挨拶は、もちろん御本尊に対して行いますが、その後で、本尊の下段に並んでいる親族の位牌に対して御挨拶をするはずです。これは、仏教と儒教とのミックスです。本尊に対して礼拝するのは仏教です。本尊の下段の位牌に対して礼拝するのは儒教です。そのように仏教と儒教とがミックスされたものが日本の仏壇なのです。

日本人の宗教について話がおよぶとき、かならずと言ってよいほど語られる話題があります。いわく、正月には神社に初詣に行き、七五三なども神社にお願いする。しかし、バレンタインデーにはチョコレート店の前に行列をつくり、クリスマスにはプレゼントを探して街をかけめぐる。結婚式も教会であげることが多くなった。そして、葬儀では仏教の世話になる……。もともと古来から神道があったところに仏教や儒教が入ってきて、これらが融合する形によって日本人の伝統的精神が生まれてきました。そして、明治維新以後はキリスト教をも取り入れ、文明開化や戦後の復興などは、そのような精神を身につけた人々が、西洋の科学や技術を活かして見事な形でやり遂げたわけです。まさに、「和魂洋才」という精神文化をフルに活かしながら、経済発展を実現していったのです。

神道は日本人の宗教のベースと言えますが、教義や戒律を持たない柔らかな宗教であり、「和」を好む平和宗教でした。天孫民族と出雲民族でさえ非常に早くから融和してしまっています。まさに日本は大いなる「和」の国、つまり大和の国であることがよくわかります。神道が平和宗教であったがゆえに、後から入ってきた儒教も仏教も、最初は一時的に衝突があったにせよ、結果として共生し、さらには習合していったわけです。

日本文化の素晴らしさは、さまざまな異なる存在を結び、習合していく寛容性にあります。それは、和《あ》え物文化であり、琉球の混ぜ物料理のごときチャンプルー文化です。

かつて、ノーベル文学賞を受賞した記念講演のタイトルを、川端康成は「美しい日本の私」とし、大江健三郎は「あいまいな日本の私」としました。どちらも、日本文化のもつ一側面を的確にとらえているといえるでしょう。たしかに日本とは美しく、あいまいな国であると思います。しかし、わたしならば、「混ざり合った日本の私」と表現したいです。衝突するのではなく、混ざり合っているのです。無宗教なのではなく、自由宗教なのです。

わたしは、ユダヤ教、キリスト教、イスラム教の三宗教の間に「ｖｓ」を入れました。歴史および現状を見ればその通りですが、このままでは人類社会が存亡の危機を迎えることは明らかです。そして、神道、仏教、儒教の三宗教の間には「&」を入れました。これまた、日本における三宗教の歴史および現状を見ればその通りだからです。そして、なんとか日本以外にも「&」が広まっていってほしいというのが、わたしの願いです。ちなみに、ブッダ・孔子・ソクラテス・イエスを「四大聖人」とした日本的な「なんでもあり」や「いいとこどり」の発想こそ「アンドフル・ワールド」に通じていると思っています。その意味で、「四大聖人」は「アンドフル・ワールド」のシンボルと言えるかもしれません。

「ｖｓ」では、人類はいつか滅亡してしまうかもしれません。しかし、「&」なら、宗教や民族や国家を超えて共生していくことができます。ユダヤ教、キリスト教、イスラム教をはじめ、ありとあらゆる宗教の間に「&」が踊り、世界中に「&」が満ち溢れた「アンドフル・ワールド」の到来を祈念するばかりです。

いま、聖徳太子が行った宗教編集の世界版が求められています。そして「和」の思想に基づく冠婚葬祭こそが、そのアンドフル・ワールドの入口に続いていると思えてなりません。

グランド
カルチャー

人は老いるほど豊かになります。そして高齢者が何より豊かに持っているのが時間です。時間にはいろいろな使い方があるでしょうが、「楽しみ」の量と質において、文化に勝るものはありません。さまざまな文化にふれ、創作したり感動したりすれば、右脳がフルに使われて「グランドライフ」が輝いてきます。

また、高齢者が増えれば経済的活力が低下すると言われています。わたしはそうとは思わないのですが、もしそうだとしても高齢者によって日本の文化が向上すればそれを補って余りがあります。経済成長のためには、自然、そして人間の心がいくら荒廃してもかまわないというのが従来の工業社会の考えでしたが、二一世紀ではもう通用しません。

もともと日本人の国民性は政治や経済よりも文化に向いていると言えます。そして、高齢者こそは経済より文化に貢献できるのです。

文化には訓練だけでなく、人生経験が必要とされます。日本人の文化生活の向上を経験豊かな高齢者に求めるのは間違いでしょうか。若者はいつも流行や輸入文化に安易にとびつくものです。彼らが自分たちの身に付いた文化を創造するためにも、また創造された文化を育てていくためにも、高齢者の存在はとてつもなく大きいのです。高齢者が高い壁として立ちはだかり、若者にそれを越えることを求めてはじめて、文化は向上され、その国の人々の心は豊かになります。

そして文化には、高齢者にふさわしい文化というものがあります。長年の経験を積ん

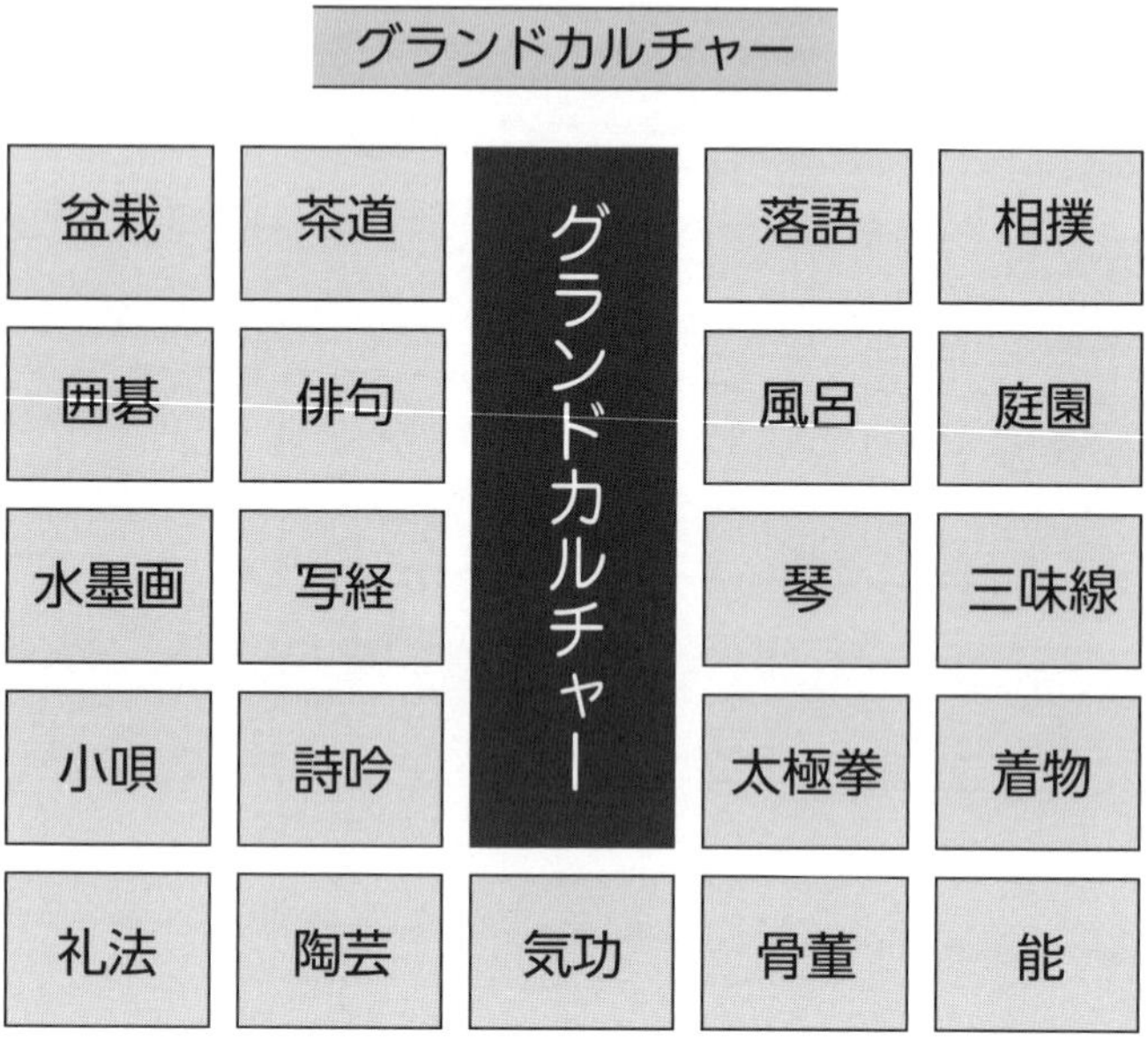

でものごとに熟達していることを「老熟」といい、永年の経験を積んで大成することを「老成」といいます。

わたしは、「大いなる老いの」という意味で「グランド」と名づけています。この「老熟」や「老成」が何よりも物を言う文化を「グランドカルチャー」と名づけました。

グランドカルチャーは、将棋よりも囲碁、いけばな生花よりも盆栽、短歌よりも俳句、歌舞伎よりも能……とあげていけば、そのニュアンスが伝わるのではないでしょうか。

将棋に天才少年は出ても、囲碁の天才少年というのはあまり聞いたことがありません。短歌には恋を詠んだ艶っぽいものが多いですが、俳句は枯れていないと秀句はつくれないといいます。もちろん、どんな文化でも老若男女が楽しめる包容力をもっていますが、特に高齢者と相性のよい文化、すなわちグランドカルチャーというものがたしかにあります。

本当はグランドカルチャーの種類はまだまだたくさんあるのですが、わたしは、「グランドカルチャー」として、二一世紀にちなんで二一のジャンルを提唱しました。

グランドカルチャーは、高齢者の心を豊かにし、潤いを与えます。テレビアニメの「サザエさん」一家の家長である磯野波平はどう見ても老人ですが、彼は家でくつろぐとき、いつも着物の上からチャンチャンコを着て一人で碁を打っています。

また、「ちびまる子ちゃん」には友蔵という、まる子の祖父が出てきますが、彼は何かあると「友蔵　心の俳句」といってすぐ俳句をつくります。

囲碁や俳句といったグランドカルチャーがいかに波平や友蔵の心を豊かにしていることか。そして潤いを与えていることか。

グランドカルチャーは老いを得ていくこと、つまり「得《う》る老《お》い」を「潤《うるお》い」とするのです。

ホモ・フューネラル

人間を定義する考え方として、「ホモ・サピエンス」（賢い人間）や「ホモ・ファーベル」（作る人間）などが有名です。オランダの文化史家ヨハン・ホイジンガは「ホモ・ルーデンス」（遊ぶ人間）、ルーマニアの宗教学者ミルチア・エリアーデは「ホモ・レリギオースス」（宗教的人間）を提唱しました。

しかしわたしは、人間の本質とは「ホモ・フューネラル」（弔う人間）だと確信します。旧人に属するネアンデルタール人たちは、すでに七万年以上も前に近親者の遺体を特定の場所に葬り、時にはそこに花を捧げていたといいます。死者を特定の場所に葬る行為は、その死を何らかの意味で記念することにほかなりません。しかもそれは本質的に「個人の死」に関わります。つまり死はこの時点で、「死そのものの意味」と「個人」という人類にとって最重要な二つの価値を生み出したのです。

王の葬礼から相撲や競馬やオリンピックといったさまざまな遊びが生まれた史実からもわかるように、遊びもまた、葬儀から誕生したものであると言えます。人類は埋葬という行為によって文化を生み、人間性を発見したわけです。

ヒトと人間は違います。ヒトは生物学上の種にすぎませんが、人間は社会的存在です。ヒトはその生涯を終え、自らの葬儀を多くの他人に弔ってもらうことによって初めて人間となることができる——。葬儀とは人間の存在理由に関わる重大な行為なのです。

カタチには
チカラがある

「カタチ」というのは儀式のことです。儀式には力があるのです。

わたしは、儀式の本質を「魂のコントロール術」であるととらえています。

儀式が最大限の力を発揮するときは、人間の魂が不安定に揺れているときです。

まずは､この世に生まれたばかりの赤ん坊の魂。次に、成長していく子どもの魂。そして、大人になる新成人者の魂。それらの不安定な魂を安定させるために、初宮参り、七五三、成人式などがあります。

結婚にまつわる儀式の「カタチ」にも「チカラ」があります。もともと日本人の結婚式とは、結納式、結婚式という二つのセレモニー、それに結婚披露宴という一つのパーティが合わさったものでした。結納式、結婚式、披露宴の三位一体によって、新郎新婦は「結魂」の覚悟を固めてきたのです。今では結納式はどんどん減っていますが、じつはこれこそ日本人の離婚が増加している最大の原因だと思います。

日本人の冠婚葬祭のカタチを作ってきた小笠原流礼法は「結び」方というものを重視し、紐などの結び方においても文化として極めてきました。結納とは「結び」を「納める」こと、まさに結納は「結び」方の文化なのです。そう、結納によって、新郎新婦の魂、そして両家の絆を結ぶのです。それは、いわば「固結び」と言えるでしょう。現代のカジュアルな結婚式とは、いわば「チョウチョ結び」なのです。だから見た目はいいけれども、すぐに解けてしまうのです。つまり、離婚が起こりやすくなるのです。結納こそは、新郎新婦の魂を固く結び、両家の絆を固く結ぶ力を秘めています。

そして、老いてゆく人間の魂も不安に揺れ動きます。なぜなら、人間にとって最大の不安である「死」に向かってゆく過程が「老い」だからです。しかしながら、日本には老いゆく者の不安な魂を安定させる一連の儀式があります。そう、長寿祝いです。

六一歳の「還暦」、七〇歳の「古稀」、七七歳の「喜寿」、八〇歳の「傘寿」、八八歳の「米寿」、九〇歳の「卒寿」、九九歳の「白寿」など。そのいわれは、次の通り。還暦は、生まれ年と同じ干支の年を迎えることから暦に還るという。古稀は、杜甫の詩である「人生七十古来稀也」に由来。喜寿は、喜の草書体から。傘寿は、傘の略字が「八十」に通じる。米寿は、八十八が「米」の字に通じる。卒寿は、卒の略字の「卆」が九十に通じる。そして白寿は、百から一をとると、字は「白」になり、数は九十九になるというわけです。

わたしは長寿祝いにしろ生年祝いにしろ、高齢者が厳しい生物的競争を勝ち抜いてきた人生の勝利者であり、神に近い人間であるのだということを人々にくっきりとした形で見せてくれるものだと考えます。それは大いなる「老い」の祝祭なのです。

人生における最大の儀式として、葬儀があります。葬儀とは「物語の癒し」です。愛する人を亡くした人の心は不安定に揺れ動いています。大事な人間が消えていくことによって、これからの生活における不安。その人がいた場所がぽっかり空いてしまい、それをどうやって埋めたらよいのかといった不安。残された人は、このような不安を抱えて数日間を過ごさなければなりません。心が動揺していて矛盾を抱えているとき、この心に儀式のようなきちんとまとまったカタチを与えないと、人間の心はいつまでたっても不安や執着を抱えることになります。これは非常に危険なことなのです。この危険な時期を乗り越えるためには、動揺して不安を抱え込んでいる心に一つのカタチを与えることが大事であり、ここに、葬儀の最大の意味があります。

仏式葬儀を見てもわかるように、死者がこの世から離れていくことをくっきりとした「ドラマ」にして見せることによって、動揺している人間の心を安定させる。ドラマによって形が与えられると、心はその形に収まっていき、どんな悲しいことでも乗り越えていけます。つまり、「物語」というものがあれば、人間の心はある程度、安定するのです。

また葬儀には、いったん儀式の力で時間と空間を断ち切ってリセットし、もう一度、新しい時間と空間を創造して生きていくという意味もあります。葬儀には、グリーフケアの創造力があるのです。もし、愛する人を亡くした人が葬儀をしなかったらどうなるか。そのまま何食わぬ顔で次の日から生活しようとしても、喪失でゆがんでしまった時間と空間を再創造することができず、心が悲鳴をあげてしまうのではないでしょうか。

また一連の法要は、故人を偲び、冥福を祈るためのものです。故人に対し、「あなたは亡くなったのですよ」と今の状況を伝達する役割があります。遺族の心にぽっかりとあいた穴を埋める役割も。動揺や不安を抱え込んでいる心にカタチを与えることが大事です。

結婚は最高の平和である

結婚は最高の平和である。これは、わが持論です。わたしは、いつもこの言葉を結婚する若い二人に贈っています。実際、結婚ほど平和な出来事はありません。「戦争」という言葉の反対語は「平和」ではなく、「結婚」ではないでしょうか。

トルストイの名作『戦争と平和』の影響で、「戦争」と「平和」がそれぞれ反対語であると思っている人がほとんどでしょう。でも、「平和」という語を『広辞苑』などの辞書で引くと、意味は「戦争がなくて世が安穏であること」となっています。平和とは、戦争がない状態、つまり非戦状態のことなのです。しかし、戦争というのは状態である前に、何よりもインパクトのある出来事です。単なる非戦状態である「平和」を「戦争」ほど強烈な出来事の反対概念に持ってくるのは、どうも弱い感じがします。

また、「結婚」の反対は「離婚」と思われていますが、これも離婚というのは単に法的な夫婦関係が解消されただけのことです。「結婚」は戦争同様、非常にインパクトのある出来事です。戦争も結婚も共通しているのは、別にしなければしなくてもよいのに、好き好んでわざわざ行う点です。だから、戦争も結婚も「出来事」であり、「事件」なのです。

もともと、結婚は男女の結びつきだけではありません。太陽と月の結婚、火と水の結婚、東と西の結婚など、神秘主義における大きなモチーフとなっています。結婚には、異なるものと結びつく途方もなく巨大な力が働いているのです。それは、陰と陽を司る「宇宙の力」と呼ぶべきものです。同様に、戦争が起こるときにも、異なるものを破壊しようとする宇宙の力が働いています。

つまり、「結婚」とは友好の王であり、「戦争」とは敵対の王なのです。

人と人とがいがみ合う、それが発展すれば喧嘩になり、それぞれ仲間を集めて抗争となり、さらには9・11同時多発テロのような悲劇を引き起こし、最終的には戦争へと至ってしまいます。逆に、まったくの赤の他人同士であるのもかかわらず、人と人とが認め合い、愛し合い、ともに人生を歩んでいくことを誓い合う結婚とは究極の平和であると言えないでしょうか。結婚は最高に平和な「出来事」であり、「戦争」に対して唯一の反対概念になるのです。

死は最大の平等である

死は最大の平等である。フランスのモラリストであるラ・ロシュフーコーは箴言で知られましたが、彼は「太陽と死は直視することができない」と述べました。太陽と死には「不可視性」という共通点があるというのです。わたしは、それに加えて「平等性」という共通点があると思っています。

太陽はあらゆる地上の存在に対して平等です。異色の哲学者である中村天風によれば、太陽光線は美人の顔にも降り注げば、犬の糞をも照らします。わが社の社名は、「サンレー」ですが、万人に対して平等に冠婚葬祭を提供させていただきたいという願いを込めて、「太陽光線（ＳＵＮＲＡＹ）」の意味を持っています。

「死」も平等です。「生」は平等ではありません。生まれつき健康な人、ハンディキャップを持つ人、裕福な人、貧しい人……「生」は差別に満ち満ちています。しかし、王様でも富豪でも庶民でもホームレスでも、「死」だけは平等に訪れるのです。

また、世界中に数多く存在する、死に臨んで奇跡的に命を取り戻した人々、すなわち臨死体験者たちは共通の体験を報告しています。死んだときに自分と自分を取り巻く医師や看護婦の姿が上の方から見えた。それからトンネルのようなものをくぐって行くと光の生命に出会い、花が咲き乱れている明るい場所が現れたりする。さらに先に死んでしまった親や恋人など、自分を愛してくれた人に再会する。そして重大なことは、人生でおかした過ちを処罰されるような体験は少ないこと、息を吹き返してからは死に対して恐怖心を抱かなくなったというようなことが主な内容です。そして、いずれの臨死体験者たちも、死んでいるあいだは非常に強い幸福感で包まれたと報告しています。

この強い幸福感は、心理学者マズローの唱える「至高体験」であり、宗教家およびロマン主義文学者たちの「神秘体験」、宇宙飛行士たちの「宇宙体験」にも通じるものです。いずれの体験においても、おそらく脳のなかで幸福感をつくるとされるβエンドルフィンが大量に分泌されているのでしょう。臨死体験については、まぎれもない霊的な真実だという説と、死の苦痛から逃れるために脳がつくりだした幻覚だという説があります。しかし、いずれの説が正しいにせよ、人が死ぬときに強烈な幸福感に包まれるということは間違いないわけです。しかも、どんな死に方をするにせよ、です。

こんなすごい平等が他にあるでしょうか！　まさしく、死は最大の平等です。

日本人は人が死ぬと「不幸があった」などと馬鹿なことを言いますが、死んだ当人が幸福感に浸っているとしたら、こんなに愉快な話はありません。

人生の四季

わたしは、冠婚葬祭会社を経営しながら、大学の客員教授として孔子の思想などを教えています。講義では、特に孔子が説いた「礼」について重点的に説明します。「礼」とは冠婚葬祭の中核をなす思想ですが、平たく言うと「人間尊重」でしょう。

「礼」の心を形にしたものが「儀式」です。孔子は「社会の中で人間がどう幸せに生きるか」ということを追求した人ですが、その答えとして儀式の重視がありました。

人間は儀式という「かたち」を行うことによって不安定な「こころ」を安定させ、幸せになれるように思います。その意味で、儀式とは人間が幸福になるためのテクノロジーなのです。そう、カタチにはチカラがあるのです！

さらに、儀式の果たす主な役割について考えてみたいと思います。

それは、まず「時間を生み出すこと」にあります。

日本における儀式あるいは儀礼は、冠婚葬祭（人生儀礼）と年中行事の二種類に大別できますが、これらはいずれも「時間を生み出す」役割を持っていました。「時間を生み出す」という儀式の役割は「時間を楽しむ」や「時間を愛でる」にも通じます。

日本には「春夏秋冬」の四季があります。わたしは、冠婚葬祭は「人生の四季」だと考えています。七五三や成人式、長寿祝いといった儀式は人生の季節であり、人生の駅です。セレモニーも、シーズンも、ステーションも、結局は切れ目のない流れに句読点を打つことにほかなりません。わたしたちは、季語のある俳句という文化のように、儀式によって人生という時間を愛でているのかもしれません。それはそのまま、人生を肯定することにつながります。未知の超高齢社会を迎えた本人には「老いる覚悟」と「死ぬ覚悟」が求められます。それは、とりもなおさず「人生を修める覚悟」でもあるのです。

人の「こころ」は、人生のさまざまな場面での「かたち」によって彩られます。人には誰にでも「人生の四季」があるのです。その生涯を通じて春夏秋冬があり、その四季折々の行事や記念日があります。大切なことは、自分自身の人生の四季を愛でる姿勢でしょう。人生の四季を愛で、「こころ」を豊かにする「かたち」を知っていただきたいと思い、わたしは日本最初の週刊誌である「サンデー毎日」の二〇一五年一〇月一八日号から二〇一八年四月八日号までの二年半にわたって「一条真也の人生の四季」を連載。連載終了後は、『人生の四季を愛でる』（毎日新聞出版）を上梓しました。

人生の卒業式

わたしは、これまでに「終活」についての講演依頼を多く受けてきました。お受けする場合、「人生の卒業式入門」というタイトルで講演させていただくようにしています。わたしは「死」とは「人生の卒業」であり、「葬儀」とは「人生の卒業式」であると考えているからです。

かつて「読売新聞」夕刊の「この人、この一言」（二〇一〇年一〇月四日）に登場させていただきました。一面の掲載で、タイトルは「葬儀は、人生の卒業式」。「書店に積まれた一冊の本が気になって仕方なかった」との書き出しで、島田裕巳著『葬式は、要らない』（幻冬舎新書）に対抗して、わたしが『葬式は必要！』（双葉新書）を書いた経緯などが紹介されています。

わたしは、人の死を「不幸」と表現しているうちは、日本人は幸福になれないと思います。わたしたちは、みな、必ず死にます。死なない人間はいません。いわば、わたしたちは「死」を未来として生きているわけです。その未来が「不幸」であるということは、必ず敗北が待っている負け戦に出ていくようなものです。わたしたちの人生とは、最初から負け戦なのでしょうか。どんな素晴らしい生き方をしても、どんなに幸福を感じながら生きても、最後には不幸になるのでしょうか。亡くなった人は「負け組」で、生き残った人たちは「勝ち組」なのでしょうか。そんな馬鹿な話はないと思いませんか？

わたしは、「死」を「不幸」とは絶対に呼びたくありません。

なぜなら、そう呼んだ瞬間、わたしは将来かならず不幸になるからです。死は不幸な出来事ではありません。そして、葬儀は人生の卒業式です。これからも、本当の意味で日本人が幸福になれる「人生の卒業式」のお手伝いをさせていただきたいと願っています。

卒業式というものは、本当に深い感動を与えてくれます。それは、人間の「たましい」に関わっている営みだからだと思います。

わたしは、この世のあらゆるセレモニーとはすべて卒業式ではないかと思っています。七五三は乳児や幼児からの卒業式であり、成人式は子どもからの卒業式です。

そう、通過儀礼の「通過」とは「卒業」のことなのです。

結婚式も、やはり卒業式だと思います。なぜ、昔から新婦の父親は結婚式で涙を流すのか。それは、結婚式とは卒業式であり、校長である父が家庭という学校から卒業してゆく娘を愛しく思うからです。そして、葬儀こそは「人生の卒業式」です。最期のセレモニーを卒業式ととらえる考え方が広まり、いつか「死」が不幸でなくなる日が来ることを心から願っています。葬儀の場面で、「今こそ別れめ　いざ　さらば」と堂々と言えたら素敵ですね。

神は太陽
仏は月

わたしは毎年、初日の出を拝みます。

そのとき、「ああ、やはり太陽は偉大だなあ」と心の底から思います。

わたしは、太陽とはサムシング・グレートそのものであり、言い換えれば「神」であると思っています。また、同じく月もサムシング・グレートそのものであり、言い換えれば「仏」と思っています。わたしにとって、太陽と月ほど心惹かれ、かつ畏敬する対象はありません。

わが社の「サンレー」という社名には、「太陽の光」という意味があります。太陽は、あらゆる生きとし生けるものに生存のためのエネルギーを与えています。

太陽の重要性は、いくら語っても語り尽くせません。この天体の存在なしでは、当然のことながら、地球も存在しえませんでした。

また、太陽が送り届けてくれる光エネルギーがなかったとしたら、地球は暗黒の凍った天体となってしまっており、生命を育む存在とはなりえませんでした。

『旧約聖書』の「創世記」には、最初に神が「光あれ」と言います。

わたしは、それは太陽光線のことだと思います。思いをめぐらせば、いま、わたしたちが使用している石油や石炭も太古の昔に地球が蓄えた太陽からの光エネルギーですし、最近では太陽エネルギーそのものが発電にも利用されています。

太陽活動の指標である太陽黒点数の変動には約一一年周期の循環性がありますが、これが地球上の気象環境やエコロジー、さらには経済・景気変動にまで影響しています。

太陽は、古代に生きた人々の生活と信仰を支える大切な天球でした。生活においては、彼らの暮らしが狩猟や農耕に依存していたので、太陽がいかに大きな力を及ぼしているかについてはよく理解していたでしょう。そこから太陽に対する崇拝や信仰が生まれ、神そのものを感じました。太陽は月とともに、人類最古の信仰の対象だったのです。

さまざまな人工照明により夜間を明るくする工夫がなされている現代では、真の闇がどんなものかを想像することは困難です。真っ暗闇の状態では、すぐ近く、手を伸ばせば届くようなところまで危険が迫っていてもわかりません。

古代人は、このような恐怖に満ちた状況の中で生活を送っていました。そのためか、朝日が昇ってくるのを見たときは安堵の気持ちを抱いたことでしょう。あらためて太陽の恵みに深い感謝の心を抱いたに違いありません。

太陽が西の空の向こうに沈んだあと、二度と再び回帰してくることがなかったとしたら、人々は夜の恐怖にさらされるだけでなく、太陽のもたらす恵みも受けられなくなります。古代人たちが、沈みゆく太陽が再び東の空に昇ってくるようにと祈願するようになったのは当然の帰結でした。このようなことから、太陽がもたらす恵みに感謝する祭祀や、冬至や夏至に当たる日に特別の祭りを行うようになったのでしょう。太陽の光に対する感謝の念も、当然強くなりました。

太陽に関する神話も地球上のあらゆる場所で誕生しました。わが国にも、よく知られた神話として天照大神が隠れたという「天の岩戸」の物語があります。民俗学者の折口信夫も推測したように、おそらく毎年訪れる冬至における祭りから生まれたのだと思われます。

太陽を神をとして仰ぐ宗教こそ、日本の神道です。太陽神は天照大神《あまてらすおおみかみ》として伊勢神宮に祀られています。二〇一三年は、二〇年に一度の伊勢神宮の式年遷宮、六〇年に一度の出雲大社の大遷宮が重なることもあって、空前の神社ブームが起こりましたね。

出雲大社といえば、出雲の一〇月は日本中の神々が集まってくる「神有月《かみありづき》」とされます。一方、出雲以外の土地は神々が不在となる「神無月《かんなづき》」とされます。二〇一三年、その一〇月の出雲で、神秘的な現象が起こったと大きな話題になりました。結婚相談所を経営される佐野浩一氏が撮影された動画には、なんと二つの太陽の上に、さらに半円の弓が映っています。逆さの虹です。太陽の周囲の光輪は「内暈《うちがさ》」、左側の太陽は「幻日」、太陽の上の逆さ虹は「環天頂アーク」と言われるそうです。この奇跡のような映像は、ＮＨＫ「特ダネ！投稿ＤＯ画・二〇一三年間グランプリ」を受賞されました。

また周知のように、わたしは月にもこよなく心惹かれています。わが社では、「月の広場」とか「月あかりの会」とか「ムーンギャラリー」といった名称を使っています。さらには、「月への送魂」や「月面聖塔」や「ムーン・ハートピア・プロジェクト」などもあります。

古代人たちは「魂のエコロジー」とともに生き、死後への幸福なロマンを持っていました。その象徴が月です。彼らは、月を死後の魂のおもむくところと考えました。

月は、魂の再生の中継点と考えられてきたのです。多くの民族の神話と儀礼のなかで、月は死、もしくは魂の再生と関わっています。規則的に満ち欠けを繰り返す月が、死と再生のシンボルとされたことはきわめて自然だと言えます。地球上から見るかぎり、月はつねに死に、そしてよみがえる星なのです。

また、潮の満ち引きによって、月は人間の生死をコントロールしているという事実があります。さらには、月面に降りた宇宙飛行士の多くは、月面で神の実在を感じたと報告しています。月こそは天国や極楽、つまりそこは魂の理想郷「ムーン・ハートピア」なのです。「葬式仏教」といわれるほど、日本人の葬儀や墓、そして死と仏教との関わりは深く、今や切っても切り離せませんが、月と仏教との関係も非常に深いです。お釈迦さまことブッダは満月の夜に生まれ、満月の夜に悟りを開き、満月の夜に亡くなったとされています。

ミャンマー仏教など南方仏教の伝承によると、ブッダの降誕、成道、入滅の三つの重要な出来事はすべて、インドの暦でヴァイシャーカの月の満月の夜に起こったといいます。

太陽暦では四月か五月に相当しますが、このヴァイシャーカの月の満月の日に、東南アジアの仏教国では今でも祭りを盛んに行っています。これは古くからあった僧俗共同の祭典の名残だそうです。また毎月二回、満月と新月の日に、出家修行者である比丘たちが集まって、反省の儀式も行われています。

ブッダは、月の光に影響を受けやすかったのでしょう。言い換えれば、月光の放つ気にとても敏感だったのです。わたしは、やわらかな月の光を見ていると、それがまるでヴィジュアライズされた「慈悲」ではないかと思うことがあります。ブッダという「めざめた者」には月の重要性がよくわかっていたはずです。「悟り」や「解脱」や「死」とは、重力からの開放にほかならず、それは宇宙飛行士たちが「コズミック・センス」や「スピリチュアルワンネス」を感じた宇宙体験にも通じます。

満月の夜に祭りを開き、反省の儀式を行う仏教とは、月の力を利用して意識をコントロールする「月の宗教」だと言えるでしょう。太陽の申し子とされた日蓮でさえ、月が最高の法の正体であり、悟りの本当の心であり、無明《むみょう》（煩悩・穢土）を浄化するものであることを説きました。「本覚のうつつの心の月輪の光は無明の暗を照らし」『心性本覚の月輪』「月の如くなる妙法の心性の月輪」と述べ、『法華経』について「月こそ心よ、華こそ心よ、と申す法門なり」と記しています。かの日蓮も、月の正体をしっかり見つめていたのです。

というわけで、わたしは太陽とは神であり、月とは仏ではないかと思います。

わたしは、かつて、以下のような歌を詠んだことがあります。

「ただ直き心のみにて見上げれば　神は太陽　仏は月よ」（庸軒）

その神と仏が一致する神霊界の一大事件のような現象があります。太陽と月が一致する「皆既日食」や「金環日食」のことです。

この世界における最大の謎とは何でしょうか？

わたしは、地球から眺めた月と太陽が同じ大きさに見えることだと思っています。人類は長いあいだ、このふたつの天体は同じ大きさだとずっと信じ続けてきました。

しかし、月が太陽と同じ大きさに見えるのは、月がちょうどそのような位置にあるからです。月の直径は、三四六七キロメートル。太陽の直径は、一三八万三二六〇キロメートル。つまり、月は太陽の四〇〇分の一の大きさです。次に距離を見てみると、地球から月までの距離は三八万四〇〇〇キロメートル。また、地球から太陽までの距離は一億五〇〇〇万キロメートル。この距離も不思議なことに、四〇〇分の一なのです。こうした位置関係にあるので、太陽と月は同じ大きさに見えるわけです。なんという偶然の一致！

日食とは、太陽と月が重なるために起こることは言うまでもありません。月の視直径が太陽より大きく、太陽の全体が隠される場合を「皆既日食（total eclipse）」といいます、逆の場合は月の外側に太陽がはみ出して細い光輪状に見え、これを「金環日食」または「金環食（annular eclipse）」といいます。いずれにせよ、この「あまりにもよくできすぎている偶然の一致」を説明する天文学的理由はどこにもありません。

まさに、太陽と月は「サムシング・グレート」そのものなのです。

これからも、わが社は神仏に仕える企業として、つねに太陽と月を視野に入れながら、「人間尊重」のミッションを果たしていきたいと思います。

天上へのまなざし

なぜ、わたしが「月面聖塔」や「月への送魂」といった構想（ムーン・ハートピア・プロジェクト）を抱くに至ったのかという質問をよく受けます。

そこには、「まなざし」の問題があります。

現代の墓について考えますと、すべては遺体や遺骨を地中に埋めたことに問題が集約されます。エコロジーの視点から見ても、人間の遺体や遺骨が土に還ることは正しいと思います。しかし問題は、生き残った人間の方にあるのです。死者が地下に埋められたことによって、生者が、人間は死んだら地下へ行くというイメージ、つまり「地下へのまなざし」を持ってしまったのです。

「地下へのまなざし」は当然、「地獄」を連想させます。いくら宗教家が霊魂だけは天上へ昇るのだと口で言ったとしても、目に見えるわけではありません。実際に遺体を暗くて冷たい地中に埋めるインパクトの方が強くて、そんな言葉は打ち消されてしまうのです。その証拠に、魂の帰天を信じる熱心なキリスト教徒でさえ、屍体がよみがえって生者の血を吸うという吸血鬼伝説に脅えていました。

死後の世界のイメージが地獄と結びつくと、死の恐怖が生まれます。死の恐怖など抱かないためにも、わたしたちは、死後に地獄などではなく、天国に行かなければならないのです。「人間は死ぬと、まずは地獄へ行く」などと説いている宗教団体など、はっきり言って脅迫産業以外の何ものでもありません。「地獄へ堕ちたくなければ、浄財を出せ」と信者を脅して、金を巻き上げるのです。わたしたちは天国に行くために「地下へのまなざし」を捨て、「天上へのまなざし」を持たなければなりません。

そして、月がその鍵となることは明らかです。

同じ月を見ることによって、同じまなざしを持つ。まなざしという視線のベクトルは、こころざし＝志という心のベクトルにつながります。ともに月を見上げ、天上へのまなざしを持つことによって、人々の心の向きも一つになるのです。

魂のエコロジー

現代の文明は、その存在理由を全体的に問われていると言えるでしょう。近代の産業文明は、科学主義、資本主義、人間中心主義によって、生命すら人為的操作の対象にしてしまいました。そこで切り捨てられてきたのは、人間は自然の一部であるというエコロジカルな感覚であり、人間は宇宙の一部であるというコスモロジカルな感覚です。

そこで重要になるのが、死者と生者との関わり合いの問題です。日本には祖霊崇拝のような「死者との共生」という強い文化的伝統がありますが、どんな民族にも「死者との共生」や「死者との共闘」という意識が根底にあると言えます。

二〇世紀の文豪アーサー・C・クラークは、『2001年宇宙の旅』（ハヤカワSF文庫）の冒頭に、「今この世にいる人間ひとりの背後には、二〇人の幽霊が立っている。それが生者に対する死者の割合である。時のあけぼの以来、およそ一〇〇〇億の人間が、地球上に足跡を印した（伊藤典夫訳）」と書いています。わたしはこの数字が正しいかどうか知りませんし、また知りたいとも思いません。重要なのは、わたしたちのまわりには数多くの死者たちが存在し、わたしたちは死者たちに支えられて生きているという事実です。

多くの人々が孤独な死を迎えている今日、動植物などの他の生命はもちろん、死者たちをも含めた大きな深いエコロジー、いわば「魂のエコロジー」のなかで生と死を考えていかなければなりません。

映画は、愛する人を亡くした人への贈り物

この言葉は、拙著『心ゆたかな映画』（現代書林）の帯のキャッチコピーです。「ハートフル・シネマズ」のサブタイトルを持つ同書では、さまざまなジャンル別に一〇〇本の映画について論じていますが、根底には「すべての映画は、グリーフケア映画」というわたしの考えが流れています。映画を観ると登場人物に感情移入し、不安定な「こころ」が一時的に落ち着きます。そして観終わったときに登場人物が自分の「こころ」に影響を与えていることを感じます。それがその人なりの「前向き」であればこんなに良いことはありません。映画を観ると、さまざまな考え方や感情が浮かんできます。これは自分の「こころ」の中から出てきた自分だけのものです。このことを考えると映画を観ることは、まさにグリーフケアだと言えるでしょう。

わたしが映画の本を書いたのは、『死を乗り越える映画ガイド』（現代書林）に続いて、『心ゆたかな映画』が二冊目です。前作では、「あなたの死生観が変わる究極の五〇本」というサブタイトルのとおりに、映画館の暗闇の中で生と死を考える作品を厳選しました。

長い人類の歴史の中で、死なななかった人間はいませんし、愛する人を亡くした人間も無数にいます。その歴然とした事実を教えてくれる映画、「死」があるから「生」があるという真理に気づかせてくれる映画、死者の視点で発想するヒントを与えてくれる映画などを集めてみました。

わたしは映画を含む動画撮影技術が生まれた根源には人間の「不死への憧れ」があると

考えています。写真は、その瞬間を「封印」するという意味において、一般に「時間を殺す芸術」と呼ばれます。一方で、動画は「時間を生け捕りにする芸術」であると言えるでしょう。かけがえのない時間をそのまま「保存」するからです。「時間を保存する」ということは「時間を超越する」ことにつながり、さらには「死すべき運命から自由になる」ことに通じます。すなわち、写真が「死」のメディアなら、映画は「不死」のメディアなのです。だからこそ映画の誕生以来、時間を超える物語を描いたタイムトラベル映画が無数に作られてきたのでしょう。そして、時間を超越するタイムトラベルを夢見る背景には、現在はもう存在していない死者に会うという大きな目的があるのではないでしょうか。

わたしは、すべての人間の文化の根底には「死者との交流」という目的があると考えています。そして、映画そのものが「死者との再会」という人類普遍の願いを実現するメディアでもあると思います。

わたしは、『死を乗り越える映画ガイド』さらには『心ゆたかな映画』と映画をテーマにした本を上梓しました。この二冊を刊行した後、わたしの心には奇妙な現象が起きました。どんな映画を観ても、グリーフケアの映画だと思えてきたのです。ジャンルを問わず、どんな映画にも死者の存在があり、死別の悲嘆の中にある登場人物があり、その悲嘆がケアされる場面が出てきます。

この不思議な現象の理由として、わたしは三つの可能性を考えました。一つは、わたしの思い込み。二つめは、映画に限らず物語というのは基本的にグリーフケアの構造を持っているということ。三つめは、実際にグリーフケアをテーマとした映画が増えているということです。わたしとしては、三つとも当たっているような気がしていました。

わたしが何の映画を観てもグリーフケアの映画に思えるということを知った宗教哲学者の鎌田東二先生からメールが届きました。それによれば、何を見ても「グリーフケア」に見えるというのは、思い込みや思い違いではなく、どんな映画や物語にも「グリーフケア」の要素があるのだといいます。哲学者アリストテレスは『詩学』第六章で、「悲劇」を「悲劇の機能は観客に憐憫と恐怖とを引き起こして、この種の感情のカタルシスを達成することにある」と規定しましたが、この「カタルシス」機能は「グリーフケア」の機能でもあるというのです。しかし、アリストテレスが言う「悲劇」だけでなく、「喜劇」も「音楽」もみな、「カタルシス」効果を持っているので、すべてが「グリーフケア」となり得る。そのような考えを鎌田先生は示して下さいました。なるほど、納得です！

死別の悲嘆に寄り添うグリーフケアは、わたしの人生と仕事におけるメインテーマのひとつです。わたしが経営する冠婚葬祭会社では二〇一〇年から遺族の方々のグリーフケア・サポートに積極的に取り組んできましたし、副会長を務めた一般社団法人　全日本冠婚葬祭互助協会では、グリーフケアＰＴの座長として、グリーフケア士の資格認定制度を立ち上げました。現在は、同制度を運営管理する一般財団法人　冠婚葬祭文化振興財団の理事

『心ゆたかな映画』

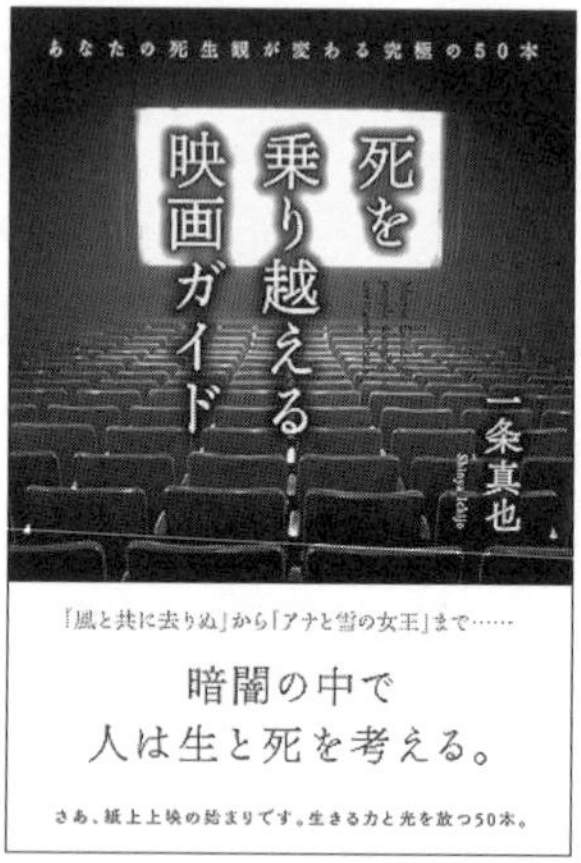

『死を乗り越える映画ガイド』

映画「君の忘れ方」原案本
『愛する人を亡くした人へ』
（PHP文庫）

『愛する人を亡くした人へ』
（単行本・現代書林）

長を務めています。二〇一八年からは上智大学グリーフケア研究所の客員教授として、「グリーフケアとしての映画」をテーマに具体的な作品の紹介も含めて講義をしました。

さらには、拙著『愛する人を亡くした人へ』（現代書林、ＰＨＰ文庫）を原案とするグリーフケア映画「君の忘れ方」が二〇二五年一月に公開されました。「グリーフケア」とは心の喪失を埋める営みであり、わが造語である「ハートフル」にも通じます。

映画は特別な場所において特別な時間を創り出す儀式であり、そこには人間が常に求めている「この世にいない者」の姿があるのかと思います。「文化の集大成」である冠婚葬祭には死者の存在が不可欠ですが、総合芸術である映画にもそれは継承され、悲嘆を軽減する文化装置として今日もわたしたちに愛を贈与し続けてくれているのだと思います。

礼法は
最強の護身術

「礼法は最強の護身術」とは、拙著『人間関係を良くする17の魔法』（致知出版社）で初めて示した言葉です。わたしのマナー観は、小笠原流礼法に基づいています。「思いやりの心」「うやまいの心」「つつしみの心」という三つの心を大切にする小笠原流は、日本の礼法の基本です。特に、冠婚葬祭に関わる礼法のほとんどすべては小笠原流に基づいています。

そもそも礼法とは何でしょうか。原始時代、わたしたちの先祖は人と人との対人関係を良好なものにすることが自分を守る生き方であることに気づきました。自分を守るために、弓や刀剣などの武器を携帯していたのですが、突然、見知らぬ人に会ったとき、相手が自分に敵意がないとわかれば、武器を持たないときは右手を高く上げたり、武器を捨てて両手をさし上げたりしてこちらも敵意のないことを示しました。

相手が自分よりも強ければ、地にひれ伏して服従の意思を表明し、また、仲間だとわかったら、走りよって抱き合いました。このような行為が礼儀作法、すなわち礼法の起源でした。身ぶり、手ぶりから始まった礼儀作法は社会や国家が構築されてゆくにつれて変化し、発展して、今日の礼法として確立されてきたのです。

ですから、礼法とはある意味で護身術なのです。剣道、柔道、空手、合気道などなど、護身術にはさまざまなものがあります。しかし、もともと相手の敵意を誘わず、当然ながら戦いにならず、逆に好印象さえ与えてしまう礼法の方がずっと上ではないでしょうか。

まさしく、礼法こそは最強の護身術なのです！

昭和の文豪・三島由紀夫は、「挨拶は身を守る鎧」という言葉を残しています。出典は、『若きサムライのために』（文春文庫）です。「若者よ、高貴なる野蛮人たれ！」と訴えた扇動の書で、「勇者とは。作法とは。肉体について。信義について。快楽について。羞恥心について。礼法について。服装について。長幼の序について。文弱の徒について。努力について」などなど、三島が、わかりやすく、そして挑発的に語っています。

三島は剣道をやっていましたが、武道である剣道は「礼に始まり礼に終わる」という絶対の掟があります。それで剣道で互いに一礼した後にやることは、相手の頭をぶっ叩くことです。三島は、「作法は戦闘の前提である」とも言いました。剣道において作法は戦闘よりも重要だというのです。なぜか。三島いわく、礼法はモラルであると同時に、礼法はルールでもあるからです。ルールを守らない競技者は軽蔑されるばかりか、戦いそのものも反則となって敗けになるからです。礼法というルールがない時点で、その戦闘は野蛮なもの（もしくは人間の自然の姿）であると思われるから、戦闘よりも礼法が大事なのです。

さらに三島由紀夫は、「この作法というものが第一関門であるのにも関わらず、この作法がないむき出しの人間性が相手の心に通用するという迷信がある」と言いました。

つまり相手の心を通用させるにはまず礼儀が必要なのに、礼儀がない野蛮な状態でも相手の心に通用できるという間違った考え方があるというのです。もちろん礼儀のない野蛮な人間は忌み嫌われ、誰も関わろうとは思いません。人間関係において礼儀を守っている人こそ、お酒が入ってハメを外しても、少々生意気なことを言っても、周りの人から可愛がられるのです。むしろ礼儀を守っているからこそ、ハメを外したり、ふざけたりしても、相手からの信用を勝ち取れるのです。

ちなみに、芸人の三又又三は、二〇一四年四月八日のツイッター（現X）で「三島由紀夫の言葉に『挨拶は身を守る鎧だ』とある。先日 蕎麦屋さんで食事してたら わざわざAKBの指原さんが僕に挨拶をしに来た。あの人は凄くいい娘だといろんな所で僕は絶賛してます。挨拶って簡単な事で簡単じゃぁないのよね～」とつぶやいています。三又又三といえば松本人志から絶縁されたことで有名ですし、指原梨乃は松本の性加害をテレビで批判していました。三又のポストは一〇年前ですが、なんだか意味深ですね。

「挨拶無視」の芸人といえば、何を隠そう、渦中の松本人志がそうです。

水道橋博士が言うように、芸能界というところは基本的に礼儀に厳しく、それは吉本興業であっても同じ。しかし、まだ無名だった頃の松本が、あるときオール巨人の楽屋前の廊下を素通りしたそうです。それを目にした巨人が教育の意味も込めて松本を呼び止め、「おい君。挨拶は？ やり直せ」と諭しました。すると松本は「あ、すいません」と謝りながら来た道を引き返し、もう一度楽屋の前を素通りしたというのです。

この逸話が披露された昨年一月放送の「人志松本の酒のツマミになる話」(フジテレビ系)

では、松本の後輩芸人たちが「しびれるわあ」などと感動した様子が映りましたが、何がしびれるのか？　何がカッコ良くて感動するのか？　わたしは、まったく理解できません。中学生が反抗的な態度をイキって話をしているようです。大人になれなかった松本と、そんな彼を称賛する取り巻き連中は情けない限りですね。

もともと、松本は若手時代からきちんとした挨拶というものが苦手だったらしく、先輩芸人の前でも「ちーす！」とかしか言わないため、明石家さんまやタモリといった大御所からも怒りを買っていたといいます。吉本興業の大先輩だった故・横山やすしは傍若無人なダウンタウンの二人の芸風や態度をずっと認めませんでした。一九九五年一二月には、横山はダウンタウンに対して「芸人には礼儀が必要や。挨拶ぐらいせい！」と怒ったこともあります。放送コラムニストの高堀冬彦氏は、コラムで「やすしさんも決して礼儀正しい人とは言えなかったが、ダウンタウンには手厳しかった。漫才も酷評し続けた」と述べています。やすしは、ダウンタウンの行き過ぎた毒を危険視していたのでしょう。

横山やすし、明石家さんま、タモリ……みなお笑いの天才ですが、もう一人、ビートたけしの名前を挙げなければいけないでしょう。彼には、『超思考』という本名の北野武としての著書がありますが、高い倫理性に貫かれており、感服しました。同書では、さまざまな世の中の出来事をぶった斬っていきますが、わたしは特に第十五考「師弟関係」に大いに共感しました。北野氏の若い頃、師匠と弟子という人間関係はすでに形骸化していました。北野氏が松鶴家一門に入ったのも、誰かの弟子にならないと漫才の舞台に立てないので、単に漫才をするためだったとか。では、北野氏は師弟関係を軽んじているのかというと、そうではありません。北野氏には御存知「たけし軍団」という多くの弟子たちがいますが、「師匠として何かを教えたとすれば、礼儀くらいのものだ。礼儀だけは厳しく躾けた。たとえば俺が誰かと話していたら、その話している人は全部お前らの師匠だと思ってやってくれ。俺よりも年上の人だったら、俺よりも偉い人だと思って接してくれなきゃ困るということだけは言った」と述べています。

なぜ、弟子たちに礼儀を教え、厳しく躾けたのか。北野氏は、「礼儀を躾けるのは、それがこの社会で生きていく必要最小限の道具だからだ。社会を構成しているのは人間で、どんな仕事であろうとその人間関係の中でするしかない。何をするにしても、結局は、石垣のようにがっしり組み上がった社会の石の隙間に指先をねじ込み、一歩一歩登っていかなければ上には行けない。その石垣をどういうルートで登るかを教えてやることなんてできはしないのだから、せめて指のかけ方は叩き込んでやろうと思っている」と述べます。

わたしは、この文章を読んで、まるで孟子の言葉ではないかと思いました。まさに儒教の徒といってもおかしくないほど、北野氏は「礼」というものを重んじています。だからこそ、生き馬の目を抜くような芸能界でトップの座にあり続けているのでしょう。ちなみに、挨拶を重んじる水道橋博士の師匠もビートたけしです。

そういえば、昔、わが社がお笑いイベントを開催して北九州に「ツービート」や「ゆーとぴあ」などの若手芸人をたくさん呼んだことがあります。イベント終了後、当時の社長だった父は彼らを小倉の夜の街に連れ出し、伝説的おかまバー「ストーク」などで飲んだそうです。自身が実践礼道・新小笠原流を立ち上げ、礼儀については人一倍厳しい父ですが、そのときの「ビートたけし」の礼儀正しさには感嘆したそうです。「あんなに礼儀正しいタレントさんは初めて見た」と言っていました。わたしは父から「礼」について徹底的に叩き込まれた人間ですが、その父の言葉を聴いて、それまでは単なる毒舌芸人としか思っていなかったビートたけしへの見方を根本から改めた記憶があります。

最近も「無礼芸人」として知られたフワちゃんが失言からの大炎上で、芸能界を追放される流れにあります。これも、無礼な人間ほど無防備で危険な存在はないということを証明してくれたように思います。結局、礼儀正しくなければ生き残れないのです。それは芸能界に限らず、どんな世界でも同じではないでしょうか?

文化の核

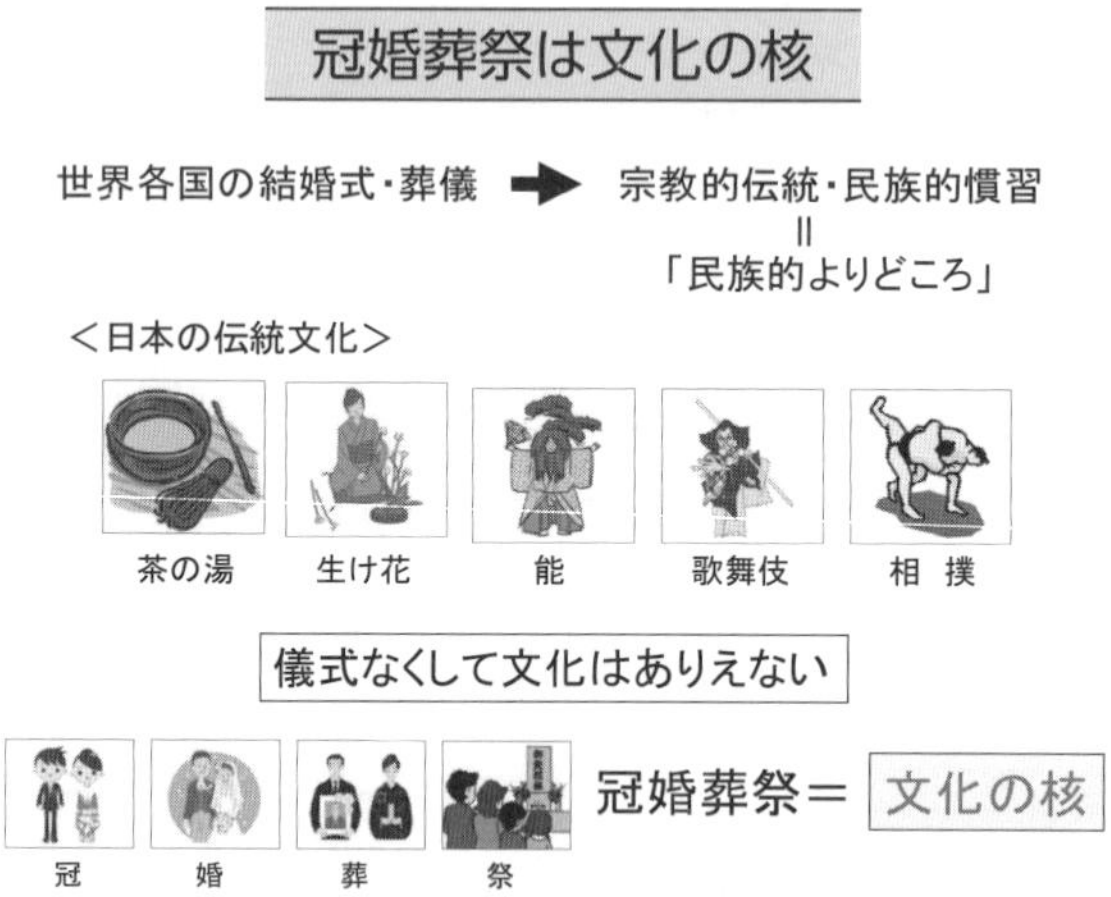

わたしの生業は冠婚葬祭業です。

わたしは、「冠婚葬祭」の本質とは「文化の核」であると思っています。

「冠婚葬祭」のことを、ずばり結婚式と葬儀のことだと思っている人も多いようです。たしかに婚礼と葬礼は人生の二大儀礼ではありますが、「冠婚葬祭」のすべてではありません。「冠婚＋葬祭」ではなく、「冠＋婚＋葬＋祭」なのです。

「冠」はもともと元服のことで、現在では、誕生から成人までのさまざまな成長行事を「冠」とします。すなわち、初宮参り、七五三、十三祝い、成人式などです。「祭」は先祖の祭祀です。一周忌などの追善供養、春と秋の彼岸や盆、さらには正月、節句、中元、歳暮など、日本の季節行事の多くは先祖をしのび、神をまつる日でした。

現在では、正月から大みそかまでの年中行事を「祭」とします。

そして、「婚」と「葬」です。結婚式ならびに葬儀の形式は、国により、民族によって、きわめて著しく差異があります。これは世界各国のセレモニーには、その国の長年培われた宗教的伝統や民族的慣習などが反映しているからです。儀式の根底には「民族的よりどころ」というべきものがあるのです。

日本には、茶の湯・生け花・能・歌舞伎・相撲といった、さまざまな伝統文化があります。そして、それらの伝統文化の根幹にはいずれも「儀式」というものが厳然として存在します。すなわち、儀式なくして文化はありえません。儀式とは「文化の核」と言えるでしょう。

結婚式ならびに葬儀に表れたわが国の儀式の源は、小笠原流礼法に代表される武家礼法に基づきますが、その武家礼法の源は『古事記』に代表される日本的よりどころです。すなわち、『古事記』に描かれたイザナギ、イザナミのめぐり会いに代表される陰陽両儀式のパターンこそ、室町時代以降、今日の日本的儀式の基調となって継承されてきました。

現在の日本社会は「無縁社会」などと呼ばれています。しかし、この世に無縁の人などいません。どんな人だって、必ず血縁や地縁があります。そして、多くの人は学校や職場や趣味などでその他にもさまざまな縁を得ていきます。この世には、最初から多くの「縁」で満ちているのです。ただ、それに多くの人々は気づかないだけなのです。わたしは、「縁」という目に見えないものを実体化して見えるようにするものこそ冠婚葬祭だと思います。

結魂

日本人の離婚件数が一年間で二〇万件を超えていますが、そのネガティブ・トレンドを食い止めるキーワードこそ「結魂」です。そもそも縁があって結婚するわけですが、「浜の真砂《まさご》」という言葉があるように、数十万、数百万人を超える結婚可能な異性のなかからたった一人と結ばれるとは、何たる縁でしょうか！

かつて古代ギリシャの哲学者プラトンは、元来一個の球体であった男女が、離れて半球体になりつつも、元のもう半分を求めて結婚するものだという「人間球体説」を唱えました。元が一つの球であったがゆえに湧き起こる、溶け合いたい、一つになりたいという気持ちこそ、世界中の恋人たちが昔から経験してきた感情です。プラトンはこれを病気とは見なさず、正しい結婚の障害になるとも考えませんでした。人間が本当に自分にふさわしい相手をさがし、認め、応えるための非常に精密なメカニズムだととらえていたのです。そういう相手がさがせないなら、あるいは間違った相手と一緒になってしまったのなら、それはわたしたちが何か義務を怠っているからだとプラトンはほのめかしました。そして、精力的に自分の片割れをさがし、幸運にも恵まれ、そういう相手とめぐり合えたならば、言うに言われぬ喜びが得られることをプラトンは教えてくれたのです。そして、彼のいう球体とは「魂」のメタファーであったとわたしは確信しています。

また、一七世紀のスウェーデンに生まれた神秘思想家スウェデンボルグは、「真の結婚は神的なものであり、聖なるものであり、純潔なものである」と述べました。天国においては、夫は心の「知性」と呼ばれる部分を代表し、妻は「意思」と呼ばれる部分を代表している。この和合はもともと人の内心に起こるもので、それが身体の低い部分に下ってくるときに知覚され、愛として感じられるのです。そして、この愛は「婚姻の愛」と呼ばれます。両性は身体的にも結ばれて一つになり、そこに一人の天使が誕生する。つまり、天国にあっては、夫婦は二人ではなくて一人の天使となるのです。

プラトンとスウェデンボルグをこよなく敬愛するわたしは、結婚とは男女の魂の結びつき、つまり「結魂」であると信じています。

送魂

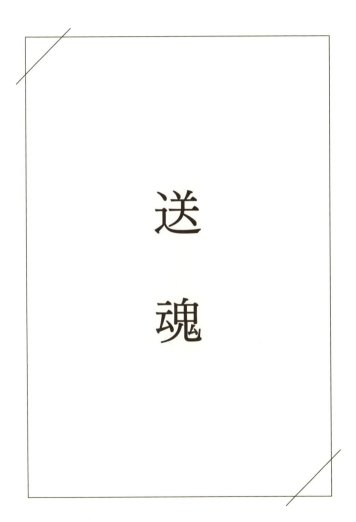

『ロマンティック・デス』（国書刊行会）の初版で一九九一年に提唱して以来、わたしは「月への送魂」という新時代のセレモニーを行っています。

わたしたちの肉体とは星々のかけらの仮の宿です。

入ってきた物質は役目を終えていずれ外に出てゆく、いや、宇宙に還っていくのです。宇宙から来て宇宙に還るわたしたちは、宇宙の子なのです。そして、夜空にくっきりと浮かび上がる月は、あたかも輪廻転生の中継基地そのものと言えます。かくして、レーザー（霊座）光線を使って、地球から故人の魂を月に送るという計画をわたしは思い立ち、実現をめざして、各所で構想を述べ、賛同者を募っています。

葬祭業とは、一種の交通業ではないでしょうか。その本質は、「この世」というA地点から「あの世」というB地点にお客様をお送りすることだからです。

「あの世」という目的地は、浄土、天国、ニライカナイ、幽世《かくりよ》などなど、さまざまな呼び方をされます。わたしはまとめて心の理想郷という意味で「ハートピア」と呼んでいますが、ハートピアへ行くには飛行機、新幹線、船、バス、タクシー、それにロケットと数多くの交通手段があります。それが、さまざまなお葬式です。

新幹線しか取り扱わない旅行代理店など存在しないように、魂の旅行代理店としての葬祭業も、お客様が望むなら、あらゆる交通機関のチケットを用意するべきなのです。そして、葬祭会館の本質とは、死者の魂がそこからハートピアへ旅立つ、魂の駅であり、魂の港であり、魂の空港であると言えるでしょう。

「葬送」という言葉がありますが、今後は「葬」よりも「送」がクローズアップされるでしょう。「葬」という字には草かんむりがあるように、草の下、つまり地中に死者を埋めるという意味があります。「葬」にはいつまでも地獄を連想させる「地下へのまなざし」がまとわりついているのです。一方、「送」は天国に魂を送るという「天上へのまなざし」へと人々を誘います。わたしが提唱し、実行している「月への送魂」などの新時代セレモニーによって、お葬式は「お送式」、葬儀は「送儀」、そして葬祭は「送祭」となるのです。

第2章

温故知新

人類十七条

わたしは、偉大な聖人の教えというものに心惹かれます。もし現在、ブッダやイエスが生きていたら、自死をなくす活動をするでしょうし、孔子が生きていたら隣人との交流を推進して孤独死をなくす活動をするのではないかと思います。

わたしは「グリーフケア」や「隣人祭り」などに取り組んできましたが、心の中にはいつも聖人たちが生きています。拙著『世界をつくった八大聖人』（ＰＨＰ新書）では、ブッダ、孔子、老子、聖徳太子、ソクラテス、モーセ、イエス、ムハンマドの八人の「人類の教師」たちのメッセージを集約して、「人類十七条」としてまとめてみました。

それは以下の通りです。

1. 水を大切にする。
2. 他者に思いやりをかける。
3. 他者からの思いやりに対して感謝する。
4. 挨拶をする。
5. 困っている者を助ける。
6. 他者の生命を奪わず、自分も自殺しない。
7. 意味なく生きものを殺さない。
8. 他国を侵略しない。

9. 核兵器を使用しない。
10. 自国の文化に誇りを持ち、他国の文化を尊重する。
11. 他者が信仰する神や聖人を侮辱しない。
12. 一切の差別をしない。
13. 盗まない。
14. 強姦しない。
15. 不正を犯さない。たとえ不正を加えられても、不正によって復讐しない。
16. 親が亡くなったら、必ず葬式をあげる。
17. 地球環境に配慮した生活をする。

数えてみると、偶然にもＳＤＧｓの数と同じ17でした。ＳＤＧｓ（Sustainable Development Goals）とは「持続可能な開発目標」という意味です。ＳＤＧｓは、国連で採択された「未来のかたち」です。健康と福祉、産業と技術革新、海の豊かさを守るなど経済・社会・環境にまたがる一七の目標があり、二〇一五年の国連総会で全加盟国が合意しました。そして、二〇三〇年までにそのような社会を実現することを目指しています。わたしの「人類十七条」は『世界をつくった八大聖人』刊行の二〇〇八年に提案したものですので、ＳＤＧｓ誕生の七年前となります。

また、「人類十七条」は聖徳太子が作ったとされる「十七条憲法」と同じ数でした。この十七条は、聖徳太子を含む八大聖人との心の会話によって生まれたものですが、人類が他の生命に迷惑をかけないという、いわば「人類の品格」ともなっています。

聖徳太子は、宗教における偉大な編集者でした。儒教によって社会制度の調停をはかり、仏教によって人心の内的不安を実現する。すなわち心の部分を仏教で、社会の部分を儒教で、そして自然と人間の循環調停を神道が担う。三つの宗教がそれぞれ平和分担するという「和」の宗教国家構想を説いたのです。

パナソニックの創業者であり、ＰＨＰ研究所を創設した松下幸之助は生涯を通じて「人間は偉大である」ということを言い続けました。そして、著書『人間を考える』（ＰＨＰ文庫）の中には、「新しい人間道の提唱」という一文があり、そこには「人間には、万物の王者としての偉大な天命がある。かかる天命の自覚に立っていっさいのものを支配活用しつつ、よりよき共同生活を生み出す道が、すなわち人間道である。人間道は、人間をして真に人間たらしめ、万物をして真に万物たらしめる道である。」と書かれています。

人間が万物の王者という考え方には、「傲慢である」と反発する人もいると思います。たしかに、仏教では人間以外のすべての有情の幸福を説き、ディープ・エコロジーの考え方でも、すべての生命を一体としてとらえます。そこに他の生命を「支配活用」するなど、とんでもないことかもしれません。

しかし、わたしは松下幸之助が言いたかったのは、そんな小さなレベルの問題ではないと思います。たしかに誤解を招きやすい表現ではありますが、「支配活用」というのは経営学者ピーター・ドラッカーのいう「マネジメント」の意味だと、わたしは考えます。「支配活用」の「支配」とはおそらく「支配人」の「支配」であって、決して「支配者」の「支配」ではないと思うのです。つまり、支配活用者とはマネジャーのことなのです。松下幸之助は、人類は地球のマネジャーだというのです。

ドラッカーは、万人のための帝王学としての「マネジメント」をめざしました。それは、万人が幸福になる道でした。人類も、万物のマネジャーとして万物の幸福を追求するのです。それは、結局、責任の問題です。国家では元首が、会社では社長が、家庭では家長が一切の責任を負うように、文明を手に入れた人類が地球の責任者としてリーダーシップを発揮し、地球上の全生命の幸福を追求するのです。それこそが松下幸之助の本心であり、「人類の品格」そのものであると思います。わたしは、人類の目指すべき理想は「平和」と「平等」に集約されると考えます。そして、それらは「ウェルビーイング」や「コンパッション」といった現代的コンセプトの底流に流れているのではないでしょうか。

「人類十七条」のうち、第一条の「水を大切にする」は、『世界をつくった八大聖人』の執筆を通じて、わたしが心から痛感したことでした。人類の理想が「平和」と「平等」なら、人類の存続に関わる最重要問題はつまるところ「戦争」と「環境破壊」に集約されます。

そして、その二つは「水を大切にする」という一つの考え方によって、基本的には避けられると考えます。この世界も生命も水から生まれました。戦争を引き起こす心も、環境を破壊する心も、結局は水を大切にしない心に通じます。「世界平和」と「地球環境」の問題は別々の問題ではなく、実は完全につながっているのです。

いま、地球上には広島に落とされた原子爆弾の四〇万個に相当する核兵器が存在するといいます。また、地球温暖化をはじめとした環境問題は深刻化する一方です。しかし、二つの問題の解決への糸口とは「水を大切にする」という一つの答えではないでしょうか。

有縁社会

二〇一〇年、ＮＨＫ「無縁社会」キャンペーンが大きな話題となりました。番組は菊池寛賞を受賞し、「無縁社会」という言葉は同年の流行語大賞にも選ばれました。

同年末には、朝日新聞紙上で「孤族の国」という大型企画がスタートしました。「家族」という形がドロドロに溶けてしまいバラバラに孤立した「孤族」だけが存在する国という意味だそうです。「孤族の国」の内容はＮＨＫ「無縁社会」とほぼ同じです。ＮＨＫへの対抗心から朝日が連載をスタートさせたことは明白ですが、「無縁」とほぼ同義語の「孤族」という言葉を持ってくるところが何とも情けないと思いました。なぜならば、「無縁社会」キャンペーンに対抗するならば、「有縁社会」キャンペーンしかありえないからです。

そもそも、「無縁社会」という言葉は日本語としておかしいのです。なぜなら、「社会」とは「関係性のある人々のネットワーク」という意味です。ひいては、「縁ある衆生の集まり」という意味なのです。「社会」というのは、最初から「有縁」なのです。ですから、「無縁」と「社会」はある意味で反意語ともなり、「無縁社会」というのは表現矛盾なのです。

「孤族」も同様で、日本語としておかしいと言えます。これは、産経新聞の論説委員である福島敏雄氏が指摘していましたが、「孤」と「族」は反対の概念なのです。貴族や暴走族、さらには家族などのように、「族」には群れやグループという意味があります。一方、「孤」とは孤独や孤立を表します。「孤」が群れをなすということはありえません。なぜなら、群れをなした時点で「孤」ではなくなってしまうからです。「孤族」も「無縁社会」と同じく表現矛盾だと言えるでしょう。

ＮＨＫは「無縁社会」キャンペーンなどと謳っていましたが、どうも、「無縁社会」を既成事実として固定し、さらにはその事実を強化させているように思えました。そもそも現実を変えていくのがキャンペーンの意味であって、現実を追随し問題を固定化させ、強化することはキャンペーンとは呼べません。

日本には「言霊《ことだま》」という考え方があります。言葉には魂が宿るという考え方です。たしかに、言葉は現実を説明すると同時に、新たな現実をつくりだします。「無縁社会」だの「孤族の国」だのといったネガティブなキーワードを流行させることは現実に悪しき影響を与える（これを日本では「呪い」といいます）可能性が高いのです。

いたずらに「無縁社会」の不安を煽るだけでは、二〇一二年に人類が滅亡するという「マヤの予言」と何ら変わりません。それよりも、「有縁社会」づくりの具体的な方法について考え、かつ実践しなければなりません。サンレーでは、冠婚葬祭や隣人祭りや冠婚葬祭のお手伝いをすることによって血縁や地縁の再生に実際に取り組んでいます。

さて、「有縁社会」は、「うえんしゃかい」と「ゆうえんしゃかい」という二つの読み方をされます。『広辞苑』などの辞書では、「有縁」は仏教用語として「うえん」と読まれています。でも講演やスピーチなどで話す場合、「うえん」では「むえん」と聴き間違えられる危険があります。そこで、わたしは事前に断った上で、意図的に「ゆうえん」と言うことが多いです。これなら一発で意味がわかるからです。

「うえん」と読んでいる人には僧侶など仏教関係者が多いようです。もともと「無縁」も「有縁」も仏教用語ですが、僧侶には訓読みにするという習慣があるようなのです。一般的に「ちょくそう」と読まれている直葬をわざわざ「じきそう」と読んだりすることなどが好例です。もしかしたら僧侶の世界では、「音読みするのは俗人」という考え方があるのかもしれません。

わたしたちが訴えている「有縁社会」は封建的な印象の強い（戦前に代表される）従来の有縁社会とは違う新しい意味での有縁社会であり、「うえん」ではなく「ゆうえん」がふさわしいと思います。

永遠葬

二〇一五年に上梓した拙著のタイトルではありますが、「永遠葬」は単なる書名ではありません。それは、一つの思想なのです。

「永遠葬」という言葉には、「人は永遠に供養される」という意味があります。

日本仏教の特徴の一つに、年忌法要があります。初七日から百ヶ日の忌日法要、一周忌から五十回忌までの年忌法要です。五十回忌で「弔い上げ」を行った場合、それで供養が終わりというわけではありません。故人が死後五〇年も経過すれば、配偶者や子どもたちも生存している可能性は低いと言えます。そこで、死後五〇年経過すれば、死者の霊魂は宇宙へ還り、人間に代わってホトケが供養してくれるといいます。つまり、「弔い上げ」を境に、供養する主体が人間から仏に移るわけで、供養そのものは永遠に続くわけです。まさに、永遠葬です。

有限の存在である「人」は無限のエネルギーとしての「仏」に転換されるのです。これが「成仏」です。あとは「エネルギー保存の法則」に従って、永遠に存在し続けるのです。つまり、人は葬儀によって永遠に生きられるのです。葬儀とは、「死」のセレモニーではなく「不死」のセレモニーなのです。

「儀式とは永遠性の獲得である」という言葉があります。この名言を残したのは、「二〇世紀最高の宗教学者」と呼ばれたミルチア・エリアーデです。エリアーデは、著書『永遠回帰の神話』（堀一郎訳、未来社）において、「永遠」の概念は「時間の再生」と深く関わっているとと述べています。古代人たちは「時間の再生」という概念をどうやって得たのでしょうか？　エリアーデは、月信仰が「時間の再生」に気づかせたとして、「単純文化人にとって、時間の再生は連続して成就される――すなわち『年』の合間のうちにもまた――ということは、古代的な、そして普遍的な月に関する信仰から証明される。月は死すべき被造物の最初のものであるが、また再生する最初のものでもある」と述べています。

少し前に、「0葬」というものが話題になりました。通夜も告別式も行わずに遺体を火葬場に直行させて焼却する「直葬」をさらに進めた形で、遺体を完全に焼いた後、遺灰を持ち帰らずに捨ててくるのが「0葬」です。

わたしは、葬儀という営みは人類にとって必要なものであると信じています。

故人の魂を送ることはもちろんですが、葬儀は残された人々の魂にも生きるエネルギーを与えてくれます。もし葬儀が行われなければ、配偶者や子ども、家族の死によって遺族の心には大きな穴が開き、おそらくは自殺の連鎖が起きるでしょう。葬儀という営みをやめれば、人が人でなくなります。葬儀という「かたち」は人間の「こころ」を守り、人類の滅亡を防ぐ知恵なのです。

「0葬」の考え方は、宗教学者の島田裕巳氏が書いた『0葬』（集英社）によって広まりました。大ベストセラー『永遠の0』ではありませんが、相手が「0」ならば、自分は「永遠」で勝負したい。そこで、わたしは『永遠葬』（現代書林）を上梓したのです。

もともと、「0」とは古代インドで生まれた概念です。古代インドでは「∞」という概念も生み出しました。この「∞」こそは「無限」であり「永遠」です。紀元前四〇〇年から西暦二〇〇年頃にかけてのインド数学では、厖大な数の概念を扱っていたジャイナ教の学者たちが早くから無限に関心を持ちました。無限には、一方向の無限、二方向の無限、平面の無限、あらゆる方向の無限、永遠に無限の5種類があるとしました。これにより、ジャイナ教徒の数学者は現在でいうところの集合論や超限数の概念を研究していたのです。

わたしは「0」というのは「無」のことであり、「永遠の0」は「空」を意味すると考えています。そして、わたしは「永遠」を考えるときには数学上の概念だけでとらえるのは間違っていると思いました。「永遠」は神話あるいは儀式という発想からとらえる必要があるのではないでしょうか。人類にとって、神話も儀式も不可欠であることは言うまでもありません。

サンレーグループでは、日本人の「海」「山」「星」「月」という他界観に対応した「海洋葬」「樹木葬」「天空葬」「月面葬」の四大葬送イノベーションを提唱しています。

海は永遠であり、山は永遠であり、星は永遠であり、月は永遠です。すなわち、四大葬送イノベーションとは四大「永遠葬」でもあるのです。

唯葬論

「永遠葬」と同じく、二〇一五年に上梓した拙著のタイトルではありますが、「唯葬論」は単なる書名ではありません。一つの思想です。

わたしは、葬儀とは人類の存在基盤であり、発展基盤であると思っています。約七万年前に死者を埋葬したとされるネアンデルタール人たちは「他界」の観念を知っていたとされます。世界各地の埋葬が行われた遺跡からは、さまざまな事実が明らかになっています。「人類の歴史は墓場から始まった」という言葉がありますが、確かに埋葬という行為には人類の本質が隠されているといえるでしょう。それは、古代のピラミッドや古墳を見てもよく理解できます。わたしは人類の文明も文化も、その発展の根底には「死者への想い」があったと考えています。

世の中には「唯物論」「唯心論」をはじめ、岸田秀氏が唱えた「唯幻論」、養老孟司氏が唱えた「唯脳論」などがありますが、わたしは本書で「唯葬論」というものを提唱します。結局、「唯○論」というのは、すべて「世界をどう見るか」という世界観、「人間とは何か」という人間観に関わっています。わたしは、「ホモ・フューネラル」という言葉に表現されるように人間とは「葬儀をするヒト」であり、人間のすべての営みは「葬」というコンセプトに集約されると考えます。

カタチにはチカラがあります。カタチとは儀式のことです。冠婚葬祭というものがなかったら、人類はとうの昔に滅亡していたのではないかと思うのです。

わが社の社名である「サンレー」には「産霊《むすび》」という意味があります。新郎新婦という二つの「いのち」の結びつきによって、子どもという新しい「いのち」を産む。「むすび」によって生まれるものこそ、「むすこ」であり、「むすめ」です。結婚式の存在によって、人類は綿々と続いてきたと言えます。

最期のセレモニーである葬儀は、故人の魂を送ることはもちろんですが、残された人々の魂にもエネルギーを与えてくれます。もし葬儀を行わなければ、配偶者や子供など大切な家族の死によって遺族の心には大きな穴が開き、おそらくは自殺の連鎖が起きたことでしょう。葬儀という営みをやめれば、人が人でなくなります。葬儀というカタチは人類の滅亡を防ぐ知恵なのです。

オウム真理教の「麻原彰晃」こと松本智津夫が説法において好んで繰り返した言葉は、「人は死ぬ、必ず死ぬ、絶対死ぬ、死は避けられない」という文句でした。死の事実を露骨に突きつけることによってオウムは多くの信者を獲得しましたが、結局は「人の死をどのように弔うか」という宗教の核心を衝くことはできませんでした。

言うまでもありませんが、人が死ぬのは当たり前です。「必ず死ぬ」とか「絶対死ぬ」とか「死は避けられない」など、ことさら言う必要なし。最も重要なのは、人が死ぬことではなく、死者をどのように弔うかということなのです。

問われるべきは「死」でなく「葬」なのです。

そして、「葬」とは死者と生者との豊かな関係性を指します。よって、わたしは『唯死論』ではなく、『唯葬論』（三五館・サンガ文庫）という書名の本を書きました。同書の「宇宙論」からはじまって「葬儀論」へと至る章立ては、二〇一二年に逝去した偉大な思想家である吉本隆明氏の名著『共同幻想論』（角川ソフィア文庫）をイメージしました。同書は、その後の唯幻論や唯脳論の母体ともなった画期的な書物でした。不遜を承知で言えば、わたしは『唯葬論』を『共同幻想論』へのアンサーブックとして書きました。

以前、わたしは『魂をデザインする』（国書刊行会）という本で、二〇一三年に逝去した文化人類学者の山口昌男氏と対談したことがあります。その時、山口氏は「葬式は無駄なこと。しかし、人類は無駄をなくすことはないよ」と言われました。弔いをやめれば人が人でなくなるのです。葬儀というカタチは人類の滅亡を防ぐ知恵なのです。吉本氏や山口氏をはじめ、『唯葬論』は多くの死者たちのサポートによって書かれました。同書を書きながら、わたしは「生者は死者によって支えられている」と改めて痛感しました。

未知の超高齢社会を迎えた今、万人が「老いる覚悟」と「死ぬ覚悟」を持つことが求められます。そのためには「生者と死者との豊かな関係」が不可欠であり、「人生の卒業式」としての葬儀に対する前向きなイメージと姿勢が重要となります。葬儀を行うことをやめれば、わたしたちは自身の未来をも放棄することになるのではないでしょうか。

葬儀は人類にとっての最重要問題なのです。

気地

「病は気から」と言われるように、病気とは気の問題です。病院について考える上でも「気」が重要なキーワードになります。

東洋医学や東洋思想は、考え方の中心を「気」においています。

宇宙には気という生命エネルギーが満ちています。人間や動植物は、宇宙から気のエネルギーを与えられて生まれ、また宇宙の気のエネルギーを吸収して生きているのです。

東洋医学では、人間は天の気（空気）と地の気（食物）を取り入れて、体内の気と調和して生きているとされています。科学的に見れば、気は一つの波動なのです。したがって、気が乱れると病気になってしまいます。人間の身体とは気の流れそのものにほかなりません。それは、ちょうどバッテリーのようなものです。バッテリーは放電ばかりしていると、電気がなくなってしまいます。長くもたせるためには、ときどき充電しなければなりません。人間も同様で、気の充電をしなければ「気力」もなくなり、「やる気」も起こらなくなって、ついには「病気」になって死んでしまいます。

よく、非常に多忙な人が何日間かリゾートへ行ってきて、「たっぷり充電してきた」などと言いますが、あれは比喩ではなく、実は即物的な表現なのです。その人は実際に気を充電したのです。そして、病気の人とは気が不足している人であり、最も気の充電が必要とされるのです。病院は、リゾートと同じく、巨大な気の充電器とならねばなりません。いわば、生命力の基地としての「気地」にならねばならないのです。

気業

企業とは「気業」です。経営者が元気な会社なら、会社も元気です。社長が陽気で強気なら、陽気で強気な会社になります。その逆に社長が陰気で弱気なら、会社もそうなるのです。特に人数の少ない小規模の企業になればなるほど、トップの気はストレートに反映します。まさに企業とは、経営者の気が社員に乗り移る一個の生命体なのです。

わたしたち人間はハード（身体）とソフト（精神）の両方からできており、目に見える世界と見えない世界で生活しています。「色即是空」「空即是色」という言葉が示すように、見える世界と見えない世界は渾然一体なのです。「気」は見えない世界のエネルギーです。

人間と同じく、人間が経営する会社も見える部分（色）と見えない部分（空）の二重構造になっています。色とは、資本金、土地、建物、設備、商品、貸借対照表、損益計算書などです。労働力としての人間も色に入るでしょう。一方、空とは、会社のミッションやビジョン、経営者の思想や哲学、経営理念、社員のプロ意識、生きがい、働きがい、社風、企業文化などです。

今後の企業は、色と空の両方をバランスよく充実させなければなりません。

特に、ハート化社会においては、企業の空の部分が重要視されるでしょう。

心ゆたかな会社、ハートフル・カンパニーの原点は、企業の経営理念、社長の哲学、そして社員の生きがいを確立することです。そして、そこには常に、元気、陽気、強気、勇気といったプラスの気が流れていなければならないのです。

札業

世の中には農業、林業、漁業、工業、商業といった産業がありますが、わが社のような冠婚葬祭会社が関わっている領域は「礼業」です。「礼業」とは「人間尊重業」であり、また「ホスピタリティ・インダストリー」の別名でもあります。

「ホスピタリティ」は、サンレーグループの創業者である父がずいぶん以前から使っていた言葉です。最近でこそ一般的な言葉になっていますが、父は六〇年以上も前から日常的に使い、わが社の経営理念にも取り入れていました。

父が生まれた昭和一〇年に日本にＹＭＣＡホテル学校が誕生し、「ホスピタリティ」という言葉も日本に入ってきたようです。大学を卒業してからＹＭＣＡホテル学校に通った父は、その語になじみました。そして、後に一般社団法人 全日本冠婚葬祭互助協会(全互協)の初代会長としてアメリカのフューネラル大会において講演した際に、「冠婚葬祭業はホスピタリティ産業である」と述べました。

これは、「冠婚葬祭」と「ホスピタリティ」が初めて結びついた記念すべき瞬間でありました。一般には、ホテル業やレストラン業などをホスピタリティ産業と呼んでいました。いわば、父は日本における「ホスピタリティ」の概念を拡大したわけです。

ホスピタリティとよく間違えられるのが、サービスです。ホスピタリティの理解にあたって、両者の本質が異なるということをまず理解する必要があります。サービスというのは商品と同様に販売すべきものであって、一般に「商品」には製品とともにサービスも含ままする。「財貨」という経済学用語では、商品とサービスをあえて区分していません。もし区分するとすれば、商品が有形でサービスが無形であるというだけです。

「サービス」service の語源は、ラテン語の servus（奴隷）という言葉から生まれ、英語の slave（奴隷）、servant（召し使い）、servitude（苦役）などに発展しています。サービスにおいては、顧客が主人であって、サービスの提供者は従者というわけです。

ここでは上下関係がはっきりしており、従者は主人に服従し、主人のみが充足感を得ることになります。サービスの提供者は下男のように扱われるため、ほとんど満足を得ることはありません。サービスにおいては、奉仕する者と奉仕される者が常に上下関係、つまり「タテの関係」のなかに存在するのです。

これに対して、「ホスピタリティ」hospitality の語源は、ラテン語の hospes（客人の保護者）に由来します。本来の意味は、巡礼者や旅人を寺院に泊めて手厚くもてなすという意味です。ここから派生して、長い年月をかけて英語の hospital（病院）、hospice（ホスピス）、hotel（ホテル）、host（ホスト）、hostess（ホステス）などが次々に生まれていきました。こういった言葉からもわかるように、それらの施設や人を提供する側は、利用者に喜びを与え、それを自らの喜びとしています。

両者の立場は常に平等であり、その関係は「ヨコの関係」です。ゲストとホストは、ともに相互信頼、共存共栄、あるいは共生のなかに存在しているのです。その意味で真の奉仕とは、サービスではなく、ホスピタリティの中から生まれてくるものだと言えます。

ここでいう奉仕とは、自分自身を大切にし、その上で他人のことも大切にしてあげたくなるといったものです。自分が愛や幸福感にあふれていたら、自然にそれを他人にも注ぎかけたくなります。「情けは人の為ならず」と日本でも言いますが、他人のためになることが自分のためにもなっているというのは、世界最大の公然の秘密の一つなのです。

アメリカの思想家ラルフ・ワルド・エマーソンによれば「心から他人を助けようとすれば、自分自身を助けることにもなっているというのは、この人生における見事な補償作用である」というわけです。与えるのが嬉しくて他人を助ける人にとって、その真の報酬は喜びにほかなりません。他人に何かを与えて、自分が損をしたような気がする人は、まず自分自身に愛を与えていない人でしょう。常に自分に与えて、なおあり余るものを他人に与える。そして無条件に自分に与えていれば、いつだってそれはあり余るものなのです。

真の奉仕とは、助ける人、助けられる人が一つになるといいます。どちらも対等です。相手に助けさせてあげることで、自分も助けています。相手を助けることで、自分自身を助けることになっています。まさにこれは、与えること、受けることの最も理想的な円環構造となっています。その輪の中で、どちらが与え、どちらが受け取っているのかわからなくなります。それはもう、一つの流れなのです。

理想土

若い頃、わたしは、リゾート・プランナーでした。ハートピア計画という会社を設立し、リゾートつくりに励んでいました。その頃に書いた『リゾートの思想』（河出書房新社）で「理想土《リゾート》」という言葉を提唱しました。

人類は古来から理想郷と呼ばれるさまざまな憧れの場所のイメージを抱いてきました。理想郷は三つに区分けすることができます。ユートピアとパラダイスとハートピアです。まずユートピアは、プラトンやトマス・モアやカンパネルラらが考えた理想都市で、時代が下ってからは社会主義者やＳＦ作家たちが夢想しました。

次にパラダイスは、楽園や黄金時代の記憶であり、人類が淡い夢のように大切に心に抱いているものです。さらに、「島の楽園」と「山の楽園」の二つに分かれます。「島の楽園」は、東洋では蓬莱や竜宮、補陀落、西洋では『オデュッセウス』のカリュプソー、西の果てのヘスペリデスの園、シュメールの聖地ディルムンなどです。「山の楽園」は、東洋では須弥山、チベットのシャンバラ、中国の桃源郷、日本の高天原、西洋ではエデンの園、ギリシャ神話のオリュンポスなどが代表だと言えます。

そして、ハートピア。「心の理想郷」を意味するわたしの造語ですが、人間がこの世に生まれる以前に住んでいた世界であり、死後、再び帰る世界です。そこは平和で美しい魂のふるさとなのです。ユートピアが政治的・経済的理想郷としての「理想都」であるのに対して、ハートピアは精神的・宗教的理想郷としての「理想土」です。つまり、彼岸であり、霊界であり、極楽浄土であり、天国なのです。

　リゾートをはじめとした地上の空間づくりに関わるとき、最大のヒントになるのは天国などのハートピアのイメージでしょう。なぜなら、ユートピアやパラダイスの豊富なバリエーションとは異なり、世界中の各民族・各宗教における天国観は驚くほど共通性が高く、それゆえイメージが普遍的だからです。心理学者のユングも言うように、神話は民族の夢であり、天国こそは人々が「かく在りたい」という願いの結晶にほかなりません。その夢や願いを地上に投影したものこそ「理想土」なのです。日本語の「まほろば」（すぐれてよい所の意）にも通じるでしょう。

老福

「老福」は、拙著『老福論』（成甲書房）で初めて提示した言葉です。

自死を食い止めるキーワードこそ「老福」です。自死者の多くは高齢者ですが、わたしたちは何よりもまず、「人は老いるほど豊かになる」ということを知らなければなりません。

現代の日本は、工業社会の名残りで「老い」を嫌う「嫌老社会」です。でも、かつての古代エジプトや古代中国や江戸などは「老い」を好む「好老社会」でした。前代未聞の超高齢社会を迎えたわたしたちに今、もっとも必要なのは「老い」に価値を置く好老社会の思想であることは言うまでもありません。そして、それは具体的な政策として実現されなければなりません。

世界に先駆けて超高齢社会に突入した現代の日本こそ、世界のどこよりも好老社会であることが求められます。日本が嫌老社会で老人を嫌っていたら、何千万人もいる高齢者がそのまま不幸な人々になってしまい、日本はそのまま世界一不幸な国になります。逆に好老社会になれば、世界一幸福な国になれるのです。

まさに「天国か地獄か」であり、わたしたちは天国の道、すなわち人間が老いるほど幸福になるという思想を待たなければならないのです。

日本の神道は、「老い」というものを神に近づく状態としてとらえています。

神への最短距離にいる人間のことを「翁《おきな》」と呼びます。また七歳以下の子どもは「童《わらべ》」と呼ばれ、神の子とされます。つまり、人生の両端にたる高齢者と子どもが神に近く、それゆえに神に近づく「老い」は価値を持っているのです。だから、高齢者はいつでも尊敬される存在であると言えます。

アイヌの人々は、高齢者の言うことがだんだんとわかりにくくなっても、老人ぼけとか痴呆症などとは決して言いません。高齢者が神の世界に近づいていくので、「神ことば」を話すようになり、そのために一般の人間にはわからなくなるのだと考えるそうです。これほど、「老い」をめでたい祝いととらえるポジティブな考え方があるでしょうか。

人は老いるほど、神に近づいていく、つまり幸福になれるのです。

四楽

仏教では、生まれること、老いること、病むこと、そして死ぬこと、すなわち「生老病死」を「四苦」としています。これを強く推し進めたのはゴータマ・シッダールタ、すなわちブッダでした。ブッダは一切の既成の立場、あるいは形而上的独断を捨て、ありのままの対象そのものに目を向け、現実世界の実際の姿を解明することから出発しました。それを「如実知見」といいますが、そうして直面したものが、人生の苦ということだったのです。

出家した後も、人間の苦労について考え続けたブッダは、ついに「修行僧たちよ。苦悩についての聖なる真理というのは次の通りである。すなわち、誕生は苦悩であり、老は苦悩であり、病は苦悩であり、死は苦悩である」と宣言しました。これが「四苦」です。

現在においては、誕生を苦悩と考える人はあまりいないでしょうから、「生」をはずしても、「老」「病」「死」の三つの苦悩が残ります。いくらブッダの悟りを単なる知識として知ったからといって、老病死の苦しみが消えるわけではありません。

ここで思いきって発想の転換をしてみましょう。いっそのこと、苦を楽に書き換えて、「四苦」を「四楽」に転換してしまってはどうでしょうか。はじめから苦だと考えるから苦なので、楽だと思いこんでしまえば、老病死のイメージはまったく変わってしまいます。

実際、ブッダが苦悩ととらえた誕生にしても、「四苦」から卒業していったようなものではありませんか。老楽、病楽、死楽というコンセプトを得たとき、わたしたちは人間の一生が光り輝く幸福な時間であることに気づきます。

宗遊

宗教の「宗」という文字は「もとのもと」という意味で、わたしたち人間が言語で表現できるレベルを超えた世界です。いわば、宇宙の真理のようなものです。その「もとのもと」を具体的な言語とし、慣習として継承して人々に伝えることが「教え」です。

だとすれば、明確な言語体系として固まっていない「もとのもと」の表現もありうるはずで、それが「遊び」です。音楽やダンスなどの「遊び」は最も原始的な「もとのもと」の表現であり、人間をハートフルにさせる大きな仕掛けとなります。

もはや何かを人間の心に訴えるとき、「教え」だけでプレゼンテーションを行う時代ではありません。幸福、愛、平和といった抽象的なメッセージを伝えようとしても、今までは「教え」だけだったので説教臭くなって人々に受け入れられないという面がありました。そういった抽象的な情報は、言語としての「教え」よりも、非言語としての「遊び」の方が五感を刺激して、効果的に心に届きやすいのです。

人間が心の底からメッセージを受け取るのは、肉体というメディアを通過させた「体感」によってでしょう。情報と記号が氾濫する現代においては特にそのことが言えます。また、今後の社会を動かす原動力となる若者や子どもに対しては、直接に「教え」を授けるより、音楽、映画、ミュージカル、スポーツ、それにゲームなどを通じてメッセージを送った方が素直に受け入れられることは確実です。わたしは「遊び」を通してメッセージを送る、このプレゼンテーション・システムを宗教ならぬ「宗遊」と呼んでいます。

もちろん「遊び」だけでは、宗教は単なるレジャー産業になってしまい、宗教ではなくなってしまいます。宗教にとっては決して「遊び」だけがすべてではありません。ハート化社会においては、「教え」と「遊び」のバランスを図って、幸福や愛をプレゼンテーションしていく「教遊一致」が必要とされるのです。

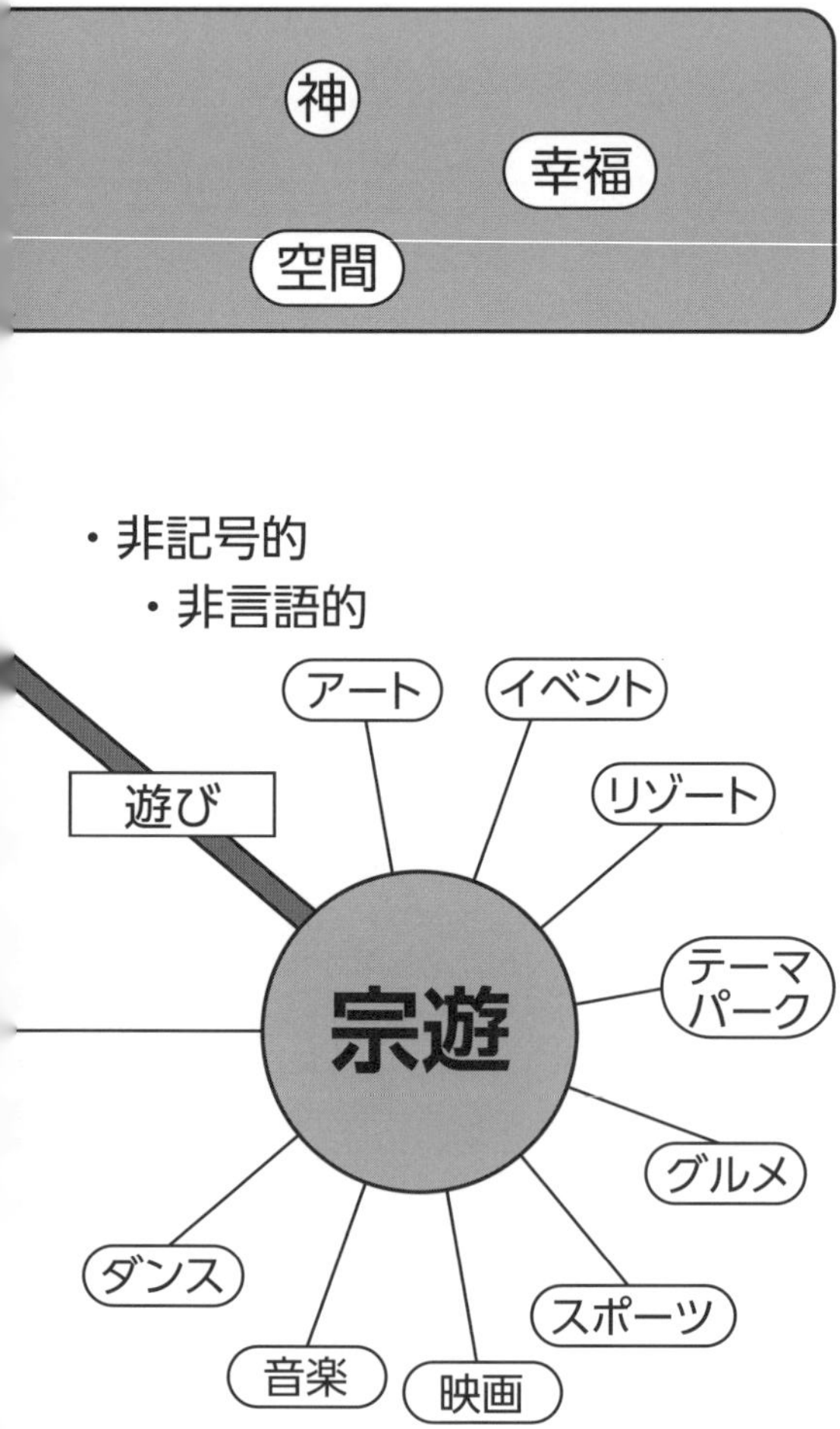

宇宙における情報システム

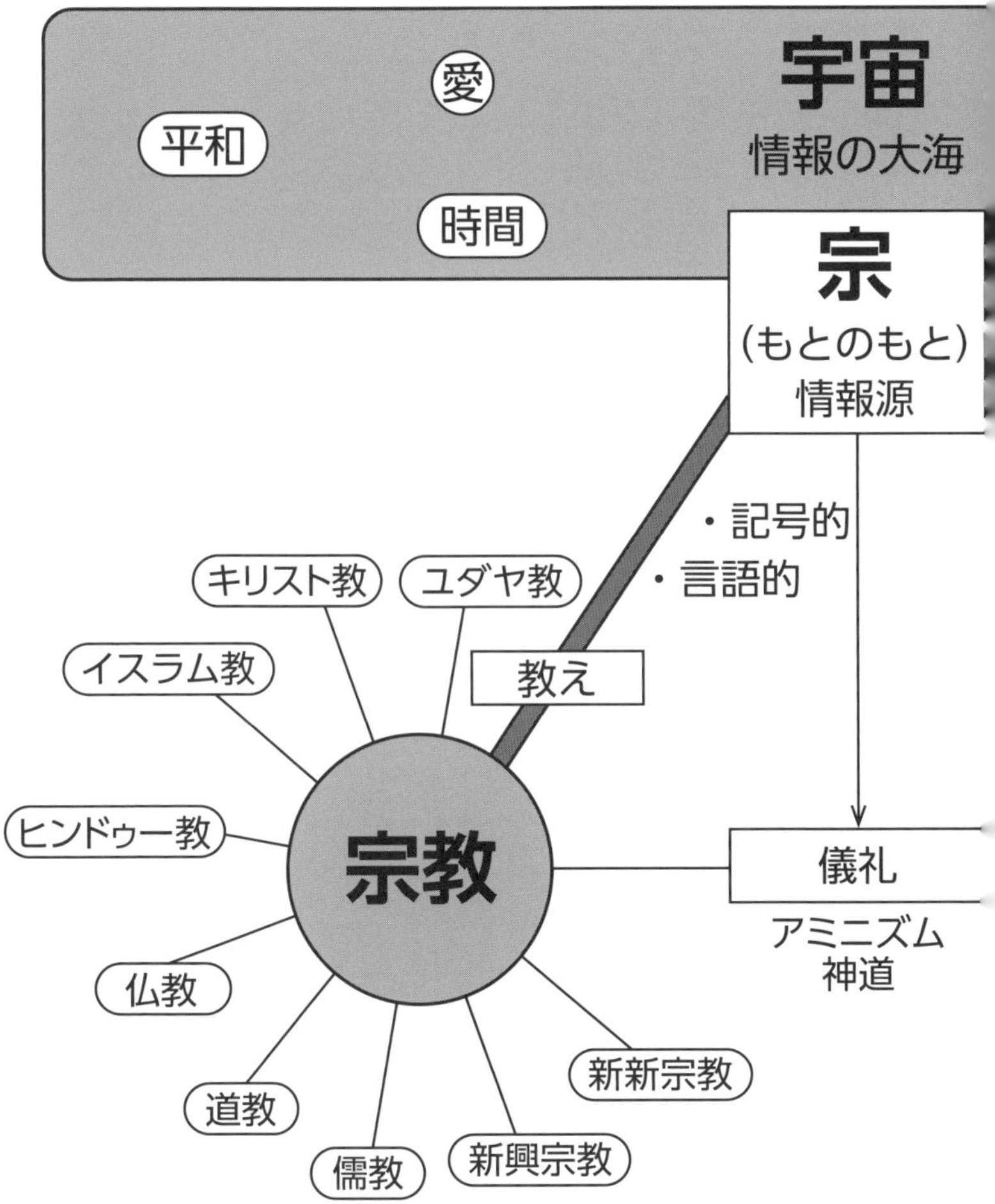

修生

世の中は大変な「終活ブーム」です。多数の犠牲者を出した東日本大震災の後、老若男女を問わず、「生が永遠ではないこと」そして必ず訪れる「人生の終焉」というものを考える機会が増えたことが原因とされます。多くの高齢者の方々が、生前から葬儀や墓の準備をされています。また、「終活」をテーマにしたセミナーやシンポジウムも花ざかりで、わたしも何度も出演させていただきました。さらに、さまざまな雑誌が「終活」を特集しています。ついには日本初の終活専門誌「ソナエ」（産経新聞出版）まで発刊されました。

このようなブームの中で、気になることがありました。

それは、「終活」という言葉に違和感を抱いている方が多いことです。特に「終」の字が気に入らないという方に何人も会いました。もともと「終活」という言葉は就職活動を意味する「就活」をもじったもので、「終末活動」の略語だとされています。

ならば、わたしも「終末」という言葉には違和感を覚えてしまいます。死は終わりなどではなく、「命には続きがある」と信じているからです。

そこで、わたしは「終末」の代わりに「修生」、「終活」の代わりに「修活」という言葉を提案しました。「修生」とは文字通り、「人生を修める」という意味です。

よく考えれば、「就活」も「婚活」も広い意味での「修活」ではないでしょうか。学生時代の自分を修めることが就活であり、独身時代の自分を修めることが婚活です。そして、人生の集大成としての「修生活動」があります。

有史以来、「死」は、わたしたち人間にとって最重要テーマでしたし、それは現在も同じです。わたしたちは、どこから来て、どこに行くのか。そして、この世で、わたしたちは何をなし、どう生きるべきなのか。これ以上に重要な問題など存在しません。

なぜ、自分の愛する者が突如としてこの世界から消えるのか、そして、この自分さえ消えなければならないのか。これほど不条理で受け容れがたい話はありません。

これまで数え切れないほど多くの宗教家や哲学者が「死」について考え、芸術家たちは死後の世界を表現してきました。医学や生理学を中心とする科学者たちも「死」の正体をつきとめようとして努力してきました。まさに「死」こそは人類最大のミステリーです。

かつての日本は、たしかに美しい国でした。しかし、いまの日本人は「礼節」という美徳を置き去りし、人間の尊厳や栄辱の何たるかも知らないように思えてなりません。それは、戦後の日本人が「修業」「修養」「修身」「修学」という言葉で象徴される「修める」という覚悟を忘れてしまったからではないでしょうか。老いない人間、死なない人間はいません。死とは、人生を卒業することであり、葬儀とは「人生の卒業式」にほかなりません。

老い支度、死に支度をして自らの人生を修める。この覚悟が人生をアートのように美しくするのではないでしょうか。冠婚葬祭互助会の会員様の多くは高齢者の方々です。ならば、互助会とは巨大な「修活クラブ」であると言えるかもしれません。わが社は、多くの会員様が穏やかな「死ぬ覚悟」を持ち、人生を修められるお手伝いをしたいものです。

和来

二〇一四年三月九日、日本人宇宙飛行士の若田光一氏が、国際宇宙ステーション（ISS）の新船長に就任しました。若田氏は前任のオレッグ・コトフ宇宙飛行士（ロシア）から引き継ぎを受け、第三九代目のISS船長に就任。日本人としては初の快挙です。

記者会見の場で、若田氏は「和の心を持って舵取りをしたい。チーム全員でいい仕事をできるように頑張っていきたい」と意気込みを述べました。就任後に三人が帰還し、現在滞在している飛行士は三人。広い船内でばらばらに作業することもあるため「夕食は三人で一緒にとるようにしている」と、チームの和を重視する若田流の運営を明かしました。

第39次長期滞在クルーのコマンダーに就任した若田氏は、次の第40次クルーも含めた六人のチームの指揮をとることになりました。異なる国籍の人々が宇宙空間でチームを結成するわけです。日本人である若田氏は、司令塔として五名の宇宙飛行士メンバーの体調や仕事の負荷を見ながら、「和の心」でスケジュール調整をしていきました。本当に素晴らしいことです。宇宙飛行士としての若田氏の能力や人間性が高く評価されたのは当然ですが、これは日本人が国際的に信用される民族として認められたことにもなります。

そして、日本人の根本精神こそは「和」の心です。

「和」は、日本文化を理解する上でのキーワードです。陽明学者の安岡正篤によれば、日本の歴史を見ると、日本には断層がないことがわかるといいます。文化的にも非常に渾然として融和しているのです。征服・被征服の関係においてもそう。諸外国の歴史を見ると、征服者と被征服者との間には越えることのできない壁、断層がいまだにあります。しかし日本には、文化と文化の断層というものがありません。

早い話が、天孫民族と出雲民族とを見てみると、もう非常に早くから融和してしまっています。三輪の大神神社は大国主命、それから少彦名神を祀っていますが、少彦名神は出雲族の参謀総長ですから、本当なら惨殺されているはずです。それが完全に調和して、日本民族の酒の神様、救いの神様になっています。その他にも『古事記』や『日本書紀』を読むと、日本の古代史というのは和の歴史そのものであり、日本は大和の国であることがよくわかります。

「和」を一躍有名にしたのが、かの聖徳太子です。太子の十七条憲法の冒頭には「和を以って貴しと為す」と書かれています。十七条憲法の根幹は和というコンセプトに尽きます。しかもその和は、横の和だけではなく、縦の和をも含んでいるところにすごさがあります。上下左右全部の和というコンセプトは、すこぶる日本的な考えです。それゆえに日本では、多数少数に割り切って線引きする多数決主義、いわゆる西欧的民主主義流は根付きませんでした。日本とは、何事も辛抱強く根回しして調整する全員一致主義の国なのです。

記者会見では、若い日本人記者から「船長の特権で何かしたいことはありますか？　例えば、食事のメニューを決定するとか、ベッドを大きくするとか？」といった能天気な質問が飛び出しました。それを聞いて一瞬きょとんとした表情をした若田氏は、次の瞬間、大笑いしました。まさに破顔一笑という感じでしたが、それから「食事のメニューを決められたらいいですけど、残念ながら、そんな権限が船長にはないんですよ」とニコニコしながら答えました。

その笑い方の豪快なこと！

また、その笑顔の魅力的なこと！

わたしは一発で、若田氏の大ファンになりました。そして、その「笑い」と「笑顔」こそが彼の言う「和」の心に通じているのだと気づきました。

「笑い角には福来《きた》る」という言葉がありますが、「笑う角には和が来《きた》る」でもあるのです。そう、「笑い」とは「和来《わらい》」ではないでしょうか。

「和」は「わ」とも読みますが、「なごみ」とも読みます。

拙著『孔子とドラッカー』（三五館）にも書きましたが、人の上に立つ者にはユーモアが必要です。なぜなら、ユーモアは組織の雰囲気を和ませるからです。「ユーモア」の語源であるラテン語の「フモール」という言葉は、元来、液体とか液汁、流動体を意味するものであり、みずみずしさ、快活さ、精神的喜びなどを連想させます。

まことに意外ですが、「謹厳実直」のイメージそのものである吉田松陰はよくギャグを言ったそうです。野山獄に投じられた松陰に、兄から熊の敷皮が差し入れられたことがあります。それに対し松陰は礼状で、「熊が寅のものになった」と述べています。松陰の通称は「寅次郎」だったからです。いわゆるダジャレですね。

あるいは同じく兄が、書籍と一緒に果物を差し入れてくれたことがありました。兄の添え状には、数は九つとなっていましたが、実際は十ありました。そこで松陰は返事に「その実十あり、道にて子を生みにしか」と記しました。途中で果物が子どもを生んだらしいというのです。

またあるいは、松下村塾の増築工事が行われた時のこと。梯子に上り、壁土を塗っていた品川弥二郎が、あやまって土を落とし、それが松陰の顔面を直撃しました。ひたすら恐縮する弥二郎に対し松陰は、「弥二よ、師の顔にあまり泥を塗るものでない」と言って、周囲のみんなを笑わせたといいます。

萩博物館高杉晋作資料室室長の一坂太郎氏は、著書『吉田松陰と高杉晋作の志』（ベスト新書）において「ときには議論が白熱する松下村塾にあって、ギャグは欠かせなかったのだろう」と推測しています。議論を戦わせ対立すると、どうしても険悪な雰囲気が生まれることとだってあります。そんなとき、さりげなく、邪魔にならない程度のギャグが出ると、雰囲気は和むもの。松陰にとってギャグとは、そんなガス抜きの意味があったに違いありません。しかしながら、一坂氏によれば、明治以降に松陰が神格化される中で、ギャグを言う松陰はいつしか忘れ去られていったそうです。

慈礼

「慈礼」は、『慈を求めて』（三五館）で初めて示した言葉です。わが社の大ミッションは「天下布礼」ですが、小ミッションは「冠婚葬祭を通じて良い人間関係づくりのお手伝いをする」です。冠婚葬祭の根本をなすのは「礼」の精神にほかなりません。

では、「礼」とは何でしょうか。それは、二五〇〇年前に中国で孔子が説いた大いなる教えです。平たくいえば、「人間尊重」ということです。ですから、わが社では、さらなる大ミッションを「人間尊重」としています。わたしは、孔子こそは「人間が社会の中でどう生きるか」を考え抜いた最大の「人間通」であると確信しています。その孔子が開いた儒教とは、ある意味で壮大な「人間関係学」と言えるでしょう。

「人間関係学」とは、つまるところ「良い人間関係づくり」を目的としています。「良い人間関係づくり」のためには、まずはマナーとしての礼儀作法が必要となります。いま、わたしたちが「礼儀作法」と呼んでいるものの多くは、武家礼法であった小笠原流礼法がルーツとなっています。小倉の地と縁の深い小笠原流こそ日本の礼法の基本であり、特に冠婚葬祭に関わる礼法のほとんどすべては小笠原流に基づいています。

しかしながら、小笠原流礼法などというと、なんだか堅苦しいイメージがあります。実際、「慇懃《いんぎん》無礼《ぶれい》」という言葉があるくらい、「礼」というものはどうしても形式主義に流れがちです。その結果、心のこもっていない挨拶、お辞儀、笑顔が生まれてしまいます。

「礼」が形式主義に流れるのを防ぐために、孔子は音楽を持ち出して「礼楽《れいがく》」というものを唱えましたが、わたしたちが日常生活や日常業務の中で、いつも楽器を演奏したり歌ったりするわけにもいきません。

ならば、どうすればいいでしょうか。わたしは、「慈」という言葉を「礼」と組み合わせてはみてはどうかと思い立ちました。「慈」とは、他の生命に対して自他怨親のない平等な気持ちを持つことです。もともと、アビダルマ教学においては「慈《じ》・悲《ひ》・喜《き》・捨《しゃ》」という四文字が使われ、それらは「四無量心」、「四梵柱」などと呼ばれます。

「慈」とは「慈しみ」、相手の幸福を望む心。

「悲」とは「憐れみ」、苦しみを除いてあげたいと思う心。

「喜」とは「随喜」、相手の幸福を共に喜ぶ心。

「捨」とは「落ち着き」、相手に対する平静で落ち着いた心。

サンレーでは、北九州市門司区の和布刈公園にある日本で唯一のミャンマー式寺院「世界平和パゴダ」の支援をさせていただいています。ミャンマーは上座部仏教の国です。上座部仏教は、かつて「小乗仏教」などとも呼ばれた時期もありましたが、ブッダの本心に近い教えを守り、僧侶たちは厳しい修行に明け暮れます。

このパゴダを支援する活動の中で、わたしは上座部仏教の根本経典である「慈経」の存在を知り、そこに説かれている「慈」というものについて考え抜きました。

「ブッダの慈しみは、イエス愛も超える」と言った人がいましたが、仏教における「慈」

の心は人間のみならず、あらゆる生きとし生けるものへと注がれます。

「慈」という言葉は、他の言葉と結びつきます。たとえば、「悲」と結びついて「慈悲」となり、「愛」と結びついて「慈愛」となります。さらには、儒教の徳目である「仁」と結んだ「仁慈」というものもあります。わたしは、「慈」と「礼」を結びつけたいと考えました。すなわち、「慈礼」という新しいコンセプトを提唱したいと思ったのです。

「慈礼」つまり「慈しみに基づく人間尊重の心」があれば、心のこもった挨拶、お辞儀、笑顔、そして冠婚葬祭サービスの提供が可能となります。「慈」はブッダの思想の核心であり、「礼」は孔子の思想の核心です。つまり「慈礼」とは、ブッダと孔子のコラボであるということができます。

また、「慈礼」はキリスト教の「ホスピタリティ」という言葉と同義語でもあります。そして、神道的世界から生まれたとされる「おもてなし」という言葉にも通じます。

そう、「慈礼」も「ホスピタリティ」も「おもてなし」とは「慈悲」や「仁」や「隣人愛」や「情」といった目には見えない大切な「こころ」を「かたち」にしたものなのです。そして、それらは宗教や民族や国家を超えた普遍性を持っていると言えるでしょう。

わたしは、これからも「慈礼」を追求していきたいです。

悲縁

「悲縁」という言葉は、二〇二〇年一月に東京で開催された一般社団法人 全日本冠婚葬祭互助協会（全互協）のパネルディスカッションで初めて披露した言葉です。このとき、上智大学グリーフケア研究所の島薗進所長（当時）とともにパネリストとして登壇したわたしは、冠婚葬祭互助会とグリーフケアの関係について発言しました。

わが社は、グリーフケアのサポート活動に取り組んできました。葬儀という儀式の外の取組みとして、二〇一〇年（平成二二年）に「ムーンギャラリー」というグリーフケア施設を作り、同時に「月あかりの会」というわが社でご葬儀を行われた遺族の方々を中心とした遺族の会を立ち上げました。

遺族の会では愛する人を亡くしたという同じ体験をした遺族同士の交流の中で少しでも自分の「想い」や「感じていること」を話すことができる場を提供することができました。ひとりひとり喪失の悲嘆に対しての感じ方は異なりますが、同じ体験をしたという共通点を持ち、お互いに尊重しあい、気づかう関係性となっています。

また交流を行う場の提供により「愛する人を喪失した対処から、愛する人のいない生活への適応」のサポートにもなっていると感じています。施設の中ではそれぞれが交流しやすいようにフラワーアレンジメントや囲碁や将棋など趣味や興味のあることが行えるようにしており、それぞれが交流しやすい場となっています。

気をつけていることは活動についてスタッフもお手伝いはしていきますが、こちら側からの押し付けにならないように、あくまでもそれぞれの自主性を大切にするように心がけています。すでに一五年近く活動を続けていますが、最初の頃に参加された方は新しく参加された方へのケアのお手伝いをしたいなど新しい目標を見つけ、生きがいとなっている方も増えてきています。

葬儀の現場を見てみても、地方都市においては、一般的に両親は地元に、子息は仕事で都市部に住み離れて暮らす例が多く、夫婦の一方が亡くなって、残された方がグリーフケアを必要とされる状況を目の当たりにすることが増えています。この他には亡くなった方を偲び、供養のお手伝いとして毎年地域ごとに分かれセレモニーホールを利用して慰霊祭を行い、一周忌・三回忌を迎える方に参加していただいています。

わたしは、冠婚葬祭互助会こそグリーフケアに取り組むべきであると考えています。

グリーフケアは、互助会にとってCSR（社会的責任）の一つです。かつて冠婚葬祭は、地縁、血縁の手助けによって行われていました。家族の形の変化や時代の流れのなかで、冠婚葬祭互助会という便利なものが生まれ、結婚式場や葬祭会館ができ、多くの方にご利用いただくようになりました。図らずも互助会は、無縁社会を進行させた要因の一部を担ってきたといえるのかもしれません。

それと同様に死別の悲しみも、近所の方、近親者の方によって支えられてきましたが、地縁、血縁が薄くなる中で、グリーフケアの担い手がいなくなっています。生まれてから

「死」を迎えるまで人生の通過儀礼に関わり、葬儀やその後の法事法要までご家族に寄り添い続ける互助会が、グリーフケアに取り組むことは当然の使命だと思うのです。

また、グリーフケアには死別の悲嘆を癒すということだけでなく、死の不安を軽減するというもう一つの目的があります。超高齢社会の現在、多くのお年寄りが「死ぬのが怖い」と感じていたら、こんな不幸なことはありません。死生観を持ち、死を受け入れる心構えをもっていることが、心の豊かさではないでしょうか。

人間は死の恐怖を乗り越えるために、哲学・芸術・宗教といったものを発明し、育ててきました。グリーフケアには、この哲学・芸術・宗教が「死別の悲嘆を軽減する」「死の不安を乗り越える」ということにおいて統合され、再編成されていると思います。特にご高齢の会員を多く抱えている互助会は、二つ目の目的においても使命を果たせると思っています。それらのミッションを互助会が果たすとき、「心ゆたかな社会」としての互助共生社会の創造に繋がっていくことでしょう。

悲嘆や不安の受け皿の役割は、これまで地域の寺院が担ってきました。しかし、宗教離れが進み、人口も減少していく中で、互助会は冠婚葬祭だけでなく、寺院に代わるグリーフケアの受け皿ともなり得ると思っています。

「月あかりの会」を運営して気づいたのは、地縁でも血縁でもない、新しい「縁」が生まれていることです。会のメンバーは、高齢の方が多いので、亡くなられる方もいらっしゃいますが、その際、他のメンバーはその方の葬儀に参列されることが多いです。楽しいだけの趣味の会ではなく、悲しみを共有し、語り合ってきた方たちの絆はそれだけ強いのです。「絆（きずな）」には「きず」という言葉が入っているように、同じ傷を共有する者ほど強い絆が持てます。たとえば、戦友や被災者同士、被害者同士などです。

「月あかりの会」のような遺族の自助グループには、強い絆があります。そして、それは「絆」を越えて、新しい「縁」の誕生をも思わせます。この悲嘆による人的ネットワークとしての新しい縁を、わたしは「悲縁《ひえん》」と呼んでいます。寺院との関係が希薄になっている今、紫雲閣を各地に展開するわが社をはじめ、地域にセレモニーホールを構える互助会は、コミュニティホールの機能を担うことができますし、また、担っていかなければいけないと思います。そして、そのコミュニティを支えるものが「悲縁」です。

生きる覚悟
死ぬ覚悟

人間の幸福について考え抜いたとき、その根底には「死」という問題が厳然として在る――。「死」の問題を抜きにして、人間の幸福は絶対にありえません。

「死」の問題を突き詰めて考えた哲学者にキルケゴールがいます。一八四九年に彼が書いた『死に至る病』は、後にくる実存哲学への道を開いた歴史的著作ですが、ちょうど一〇〇年後の一九四九年に、かのピーター・ドラッカーがキルケゴールについてのすぐれた論文を書きました。論文のタイトルは「もう一人のキルケゴール～人間の実存はいかにして可能か」です。ここでドラッカーは、人間の社会にとって最大の問題とは「死」であると断言し、人間が社会においてのみ生きることを社会が望むのであれば、その社会は、人間が絶望を持たずに死ねるようにしなければならないと述べています。そして、人間の思考の極限まで究めたこの驚くべき論文の最後に、「キルケゴールの信仰もまた、人に死ぬ覚悟を与える。だがそれは同時に、生きる覚悟を与える」と記しています。

来るべき「心の社会」とは、「死」を見つめる社会であり、人々に「死ぬ覚悟」と「生きる覚悟」を与える社会です。それは「死」という人類最大の不安から人々が解放され、真の意味で心ゆたかになれる、大いなる「ハートフル・ソサエティ」なのです。

また、仏教では「生老病死」を苦悩とみなしています。「生きる覚悟」と「死ぬ覚悟」は、「老いる覚悟」と「病む覚悟」にもつながっていることを忘れてはなりません。

儀式なくして人生なし

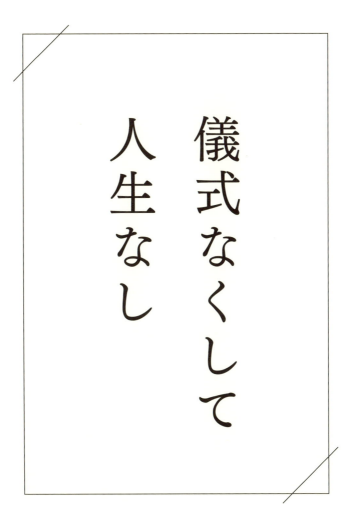

二〇一一年三月一一日に発生した東日本大震災は未曽有の大災害であり、「無縁社会」や「葬式は、要らない」といった風潮を変えました。大津波の発生後、しばらく遺体は発見されず、多くの行方不明者がいました。火葬場も壊れて通常の葬儀をあげることができず、現地では土葬が行われました。海の近くにあった墓も津波の濁流に流されました。

佼成出版社から上梓した拙著『のこされた　あなたへ』（佼成出版社）にも書きましたが、葬儀ができない、遺体がない、墓がない、遺品がない、そして、気持ちのやり場がない……まさに「ない、ない」尽くしの状況は、災害のダメージがいかに甚大であり、かろうじて助かった被災者の方々の心にも大きなダメージが残されたことを示していました。現地では毎日、「人間の尊厳」が問われました。亡くなられた犠牲者の尊厳と、生き残った被災者の尊厳がともに問われ続けたのです。あのとき、葬儀という営みが「人間の尊厳」に直結していることを多くの人々が再認識しました。まさに、大地震は「無縁社会」を崩壊させ、大津波は「葬式は、要らない」という妄言を流し去ったのです。

二〇一六年、わたしは『儀式論』（弘文堂）を上梓しました。合計六〇〇ページで函入りの大著です。結婚式にしろ、葬儀にしろ、儀式の意味というものが軽くなっていく現代日本において、かなりの悲壮感をもって書きました。儀式は、地域や民族や国家や宗教を超えて、あらゆる人類が、あらゆる時代において行ってきた文化です。しかし、いま、日本では冠婚葬祭を中心に儀式が軽んじられています。そして、日本という国がドロドロに溶けだしている感があります。

四書五経の『大学』には八条目という思想があります。

「格物　致知　誠意　正心　修身　斉家　治国　平天下」ですが、自己を修めて人として自立した者同士が結婚し、子供を授かり家庭を築きます。国が治まり世界が平和になるかどうかは、「人生を修める」という姿勢にかかっているのです。

ところで、日本人の儀式軽視は加速する一方です。

「儀式ほど大切なものはない」と確信しているわたしですが、あえて儀式必要論という立場ではなく、「儀式など本当はなくてもいいのではないか」という疑問を抱きながら、儀式について考えようと思い、その立場で『儀式論』を書き進めました。その結果、やはり、わたしは儀式の重要性を改めて思い知ったのです。わたしは、人間は神話と儀式を必要としていると考えます。社会と人生が合理性のみになったら、人間の心は悲鳴を上げてしまうでしょう。結婚式も葬儀も、人類の普遍的文化です。多くの人間が経験する結婚という慶事には結婚式、すべての人間に訪れる死亡という弔事には葬儀という儀式によって、喜怒哀楽の感情を周囲の人々と分かち合います。このような習慣は、人種・民族・宗教を超えて、太古から現在に至るまで行われているのです。すごいことですね。

社会学者エミール・デュルケムは、名著『宗教生活の原初形態』（岩波文庫）において、「さまざまな時限を区分して、初めて時間なるものを考察してみることができる（古野清人訳）」

と述べています。これにならい、「儀式を行うことによって、人間は初めて人生を認識できる」と言えないでしょうか。

儀式とは世界における時間の初期設定であり、時間を区切ることです。それは時間を肯定することであり、ひいては人生を肯定することなのです。さまざまな儀式がなければ、人間は時間も人生も認識することはできません。まさに、「儀式なくして人生なし」です。

儀式とは人類の行為の中で最古のものであり、哲学者ルートヴィヒ・ウィトゲンシュタインは「人間は儀式的動物である」との言葉を残しています。わたしは、儀式を行うことは人類の本能ではないかと考えます。本能であるならば、人類は未来永劫にわたって結婚式や葬儀を行うことでしょう。

こころの世界遺産

「慈経」（メッタ・スッタ）は、仏教の開祖であるブッダの本心が最もシンプルに、そしてダイレクトに語られた、最古にして最重要であるお経です。上座部仏教の根本経典であり、大乗仏教における「般若心経」にも比肩します。

「慈経」は我が国の仏教学の泰斗である中村元の訳が『ブッダのことば』（岩波文庫）に収録されています。この「慈経」という経には、わたしたちは何のために生きるのか、人生における至高の精神が静かに謳われています。わたしたち人間の「あるべき姿」、いわば「人の道」が平易に説かれているのです。「足るを知り　簡素に暮らし　慎ましく生き」といった仏教の根本思想をはじめ、「相手が誰であろうと　けっして欺いてはならぬ」「どんなものであろうと　蔑んだり軽んじたりしてはならぬ」「怒りや悪意を通して 他人に苦しみを与えることを　望んではならなぬ」といった道徳的なメッセージも説かれています。

その内容は孔子の言行録である『論語』、イエスの言行録である『新約聖書』の内容とも重なる部分が多いと思っています。そして、それにソクラテスの発言を紹介したプラトンの一連の哲学書を加えた書物郡を第一期「こころの世界遺産」としました。他にも『旧約聖書』『コーラン』『老子』『十七条憲法』をリストアップしました。

ブッダ、孔子、ソクラテス、イエスの四人は「四大聖人」と呼ばれています。わたしは、この四人に老子、モーセ、ムハンマド、聖徳太子の四人を加えて、『世界をつくった八大聖人』（PHP新書）を書きました。ブッダ、孔子、老子、ソクラテス、モーセ、イエス、ムハンマド、聖徳太子。この八人は、これまでの歴史において最大級の影響を人類に与えてきたばかりでなく、現在もなお影響を与え続けている人々です。人類の未来は、この八人の影響を受けた人々の心にかかっていると言っても過言ではありません。

もちろん、この八人以外にも世界史に特筆すべき人物は多くいます。ざっと挙げてみても、アレクサンダー、始皇帝、カエサル、ナポレオン、徳川家康などなど、いわゆる「英雄」と呼ばれる人々の名が浮かびます。たしかに彼らの成し遂げたことも、後世への影響力も甚大であした。しかし、アレクサンダーが人類初の普遍帝国をめざして創ったマケドニア王国も、広大な中国を最初に統一して始皇帝が開いた秦も、当然ながら今では存在していません。さらには強大で不滅のように思われたローマ帝国でさえ滅び、万全の防衛体制を誇った徳川幕府もいとも簡単に倒されてしまいました。

英雄たちは、あくまでも過去に生きる者なのです。その直接的な影響力は現在では消えるか、弱まってしまっているのです。一方、先の八人は、いずれも宗教や哲学といった人間の「こころ」に関する世界を開き、掘り下げていった人々であり、その影響力は現在でも不滅です。仏教も儒教もキリスト教も哲学も、今でもしっかりと生き続け、時代にあわせた新しい展開を見せています。その意味で、彼らは人類の「こころ」の形を作った人々と言えるかもしれません。そして、彼らの言行録や思想の記録は、「こころの世界遺産」と呼べるでしょう。

その後、わたしは『涙は世界で一番小さな海』（二〇〇九年）で第二期「こころの世界遺産」について紹介しました。第一期「こころの世界遺産」の書物を読んでみると、ブッダも孔子もイエスもソクラテスも、いずれもが「たとえ話」の天才であったことがよくわかります。難しいテーマをそのまま語らず、一般の人々にもわかりやすく説く技術に長けていたのです。中でも、ブッダとイエスの二人にその才能を強く感じます。だからこそ、仏教もキリスト教も多くの人々の心をとらえ、世界宗教となることができたのでしょう。そして、「わかりやすく説く」という才能は後の世で宗教説話というかたちでとぎすまされていき、最終的には童話というスタイルで完成したように思います。

なにしろ、あらゆる書物の中で、童話ほどわかりやすいものはありません。『聖書』も『論語』も読んだことのない人々など世界には無数にいるでしょうが、アンデルセン童話を読んだことがない人は、想像がつきません。童話作家とは、表現力のチャンピオンであり、人の心の奥底にメッセージを届かせ、その人生に影響を与えることにおいて無敵です。

わたしは、アンデルセン、メーテルリンク、宮沢賢治、サン＝テグジュペリの四人は、もうひとつの「四大聖人」であると思っています。実際、『人魚姫』『マッチ売りの少女』『青い鳥』『銀河鉄道の夜』『星の王子さま』といった童話には、宇宙の秘密、いのちの神秘、そして人間として歩むべき道などが、やさしく語られています。これらの童話は、人類すべてにとっての大切な「こころの世界遺産」であると、わたしは確信しています。

ロマンティック・デス

「ロマンティック・デス」とは、「死」に意味を与える思想です。

近代工業社会はひたすら「若さ」を賛美し、「生」の繁栄を謳歌してきましたが、忍び寄ってきた超高齢化社会の足音は、わたしたちに「老い」と「死」に正面から向き合わなければならない時代の訪れを告げました。そして、そこで何より求められているのは「生老病死」の幸福なデザインだと言えるでしょう。特に核心となるのは「死」のデザインです。

日本人は人が死ぬと「不幸があった」と言いますが、これは絶対におかしいとわたしは思います。日本人が真に幸福になるためにはまず「死」を「詩」に変える必要があります。そのためにわたしは「月」という最高にロマンティックな舞台を用意したのです。

かつての日本人は辞世の歌や句を詠むことによって、死と詩を結びつけました。死に際して詩歌を詠むとは、おのれの死を単なる生物学上の死、つまり形而下の死に終わらせず、形而上の死に高めようというロマンティシズムの表れでした。

死と志も深く結びついていました。死を意識し覚悟して、はじめて人はおのれの生きる意味を知る。有名な坂本龍馬の言葉「世に生を得るは事をなすにあり」こそは、死と志の関係を解き明かしたものにほかなりません。『葉隠』に「武士道といふは死ぬ事と見付けたり」とあるように、この国の武士たちは、その体内に死と志を矛盾なく共存させ、そこに美さえ見出したのです。もともと、日本に「ロマンティック・デス」は存在したのです。

リメンバー・フェス

「リメンバー・フェス」とは、先祖供養のアップデートです。八月は、日本全体が亡くなった人々を思い出す「死者を想う月」。六日の「広島原爆の日」、九日の「長崎原爆の日」、一二日の御巣鷹山の「日航機墜落事故の日」、そして一五日の「終戦の日」、三日置きに日本人にとって忘れてはならない日が訪れます。そして、それはまさに日本人にとって最も大規模な先祖供養の季節である「お盆」の時期と重なります。

「お盆」は過去の日本人にとって楽しい季節の一つでした。一年に一度だけ、亡くなった先祖たちの霊が子孫の家に戻ると考えたからです。日本人は古来、先祖の霊に守られて初めて幸福な生活を送ることができると考えていました。その先祖に対する感謝の気持ちを供養という形で表したものが「お盆」なのです。

一年に一度帰ってくる先祖を迎えるために迎え火を焚き、各家庭の仏壇でおもてなしをしてから、送り火によってあの世に帰っていただくという風習は、現在でも盛んです。同じことは春秋の彼岸についても言えますが、この場合、先祖の霊が戻ってくるというよりも、先祖の霊が眠っていると信じられている墓地に出かけて行き、供花・供物・読経・焼香などによって供養します。なぜこのような形で先祖を供養するのかというと、もともと二つの相反する感情からはじまったと思われます。一つは死者の霊魂に対する畏怖の念であり、もう一つは死者に対する追慕の情。やがて二つの感情が一つにまとまっていきます。

死者の霊魂は死後一定の期間を経過すると、この世におけるケガレが浄化され、「カミ」

や「ホトケ」となって子孫を守ってくれる祖霊という存在になります。かくて日本人の歴史の中で、神道の「先祖祭り」は仏教の「お盆」へと継承されました。生きている自分たちを守ってくれる先祖を供養することは、感謝や報恩の表現と理解されてくるわけです。

ところで、わが社サンレーは冠婚葬祭互助会ですが、毎年、お盆の時期には盛大に「お盆フェア」などを開催して、故人を供養することの大切さを訴えています。しかしながら、小さなお葬式、家族葬、直葬、0葬といったように葬儀や供養に重きを置かず、ひたすら薄葬化の流れが加速している日本にあって、お盆という年中行事が今後もずっと続いていくかどうかは不安を感じることもあります。特に、Z世代をはじめとした若い人たちは、お盆をどのように理解しているかもわかりません。

お盆をはじめとした年中行事は日本人の「こころの備忘録」であり、そこにはきわめて大切な意味があります。そんなある日、わたしの頭の中で「そうだ、お盆を『リメンバー・フェス』と呼ぼう！」という考えがひらめきました。

「リメンバー・フェス」は、ディズニー&ピクサーの二〇一七年のアニメ映画「リメンバー・ミー」からインスパイアされたネーミングです。「リメンバー・ミー」は第九〇回アカデミー賞において、「長編アニメーション賞」と「主題歌賞」の二冠に輝きました。過去の出来事が原因で、家族ともども音楽を禁止されている少年ミゲル。ある日、彼は先祖が家族に会いにくるという「死者の日」に開催される音楽コンテストに出ることを決めます。伝説的ミュージシャンの霊廟に飾られたギターを手にして出場しますが、それを弾いた瞬間にミゲルは死者の国に迷い込んでしまいます。カラフルな「死者の国」も魅力的でしたし、「死」や「死後」というテーマを極上のエンターテインメントに仕上げた大傑作です。

「リメンバー・ミー」を観れば、死者を忘れないということが大切であると痛感します。わたしたちは死者とともに生きているのであり、死者を忘れて生者の幸福など絶対にありえません。わたしたちは、先祖、そして子孫という連続性の中で生きている存在です。遠い過去の先祖、遠い未来の子孫、その大きな河の流れの「あいだ」に漂うもの、それが現在のわたしたちにほかなりません。

わたしたちは、死者を忘れてはなりません。それは死者へのコンパッションのためだけではなく、わたしたち生者のウェルビーイングのためでもあります。映画「リメンバー・ミー」から発想された「リメンバー・フェス」は、なつかしい亡き家族と再会できる祝祭ですが、都会に住んでいる人が故郷に帰省して亡き祖父母や両親と会い、久しぶりに実家の家族と語り合う祝祭でもあります。そう、それは、あの世とこの世の誰もが参加できる祭りなのです。日本には「お盆」、海外には「死者の日」など先祖や亡き人を想い、供養する習慣がありますが、国や人種や宗教や老若男女といった何にもとらわれない共通の言葉として、わたしは「リメンバー・フェス」という言葉を提案します。将来、ニュースなどで「今日は世界共通のリメンバー・フェスの日です」などと言われる日を夢見ています。

第3章

しごとことば

天下布礼

「天下布礼」とは、「創業守礼」とともに、わが社サンレー創業時に、創業者であり父である佐久間進が掲げていたスローガンです。

わが社の創立四〇周年記念として、全国の社員を三班に分けて総勢六〇〇名の上海旅行を行いました。コロナ以後はとても不可能ですが、当時でも「今時、こんな大人数の社員旅行は珍しい」と言われました。二一世紀に入って、社員旅行どころか、歓送迎会や忘年会なども日本の会社から減っていました。会社というより社会全体が「人間嫌い」になっているような感がありました。わが社は冠婚葬祭を本業とする会社です。まさに人間を相手にするのが仕事であり、わたしたちが人間嫌いになることは許されないと考えました。それもあって、あえて大人数で中国の上海に旅行したのです。

二〇〇八年、わたしが上海において再び社員の前で「天下布礼」を打ち出しました。

言うまでもなく、中国は孔子が生まれた国です。二五〇〇年前に孔子が説いた「礼」の精神こそ、「人間尊重」そのものだと思います。

上海での創立記念式典で、わたしは社員の前で「天下布礼」の旗を掲げました。かつて織田信長は、武力によって天下を制圧するという「天下布武」の旗を掲げました。しかし、わたしたちは「天下布礼」です。武力で天下を制圧するのではなく、わが社の大ミッションである「人間尊重」の思想で世の中を良くしたいのです。

わが社の小ミッションは「冠婚葬祭を通じて良い人間関係づくりのお手伝いをする」。

冠婚葬祭ほど、人間関係を良くするものはありません。そして、わたしたちの理想はさらに大ミッションである「人間尊重」へと向かいます。太陽の光が万物に降り注ぐごとく、この世のすべての人々を尊重すること、それが「礼」の究極の精神です。ですから、わたしは「礼」の精神が誕生した中国の地で「天下布礼」という言葉を持ち出したのです。

上海での記念祝賀会では、「摩天楼　そびゆる魔都の　宴にて　天下布礼の　旗を掲げん」という道歌を披露しました。まさか、その五年後に「礼の実践」を評価されて第二回「孔子文化賞」を授与されるとは夢にも思いませんでした。

天下、つまり社会に広く人間尊重思想を広めることが、わたしたちサンレーの使命です。わたしたちは、礼業という、この世で最も大切な仕事をさせていただいていると思っています。これからも冠婚葬祭を通じて、良い人間関係づくりのお手伝いをさせていただきたいです。わたしが大学で教壇に立つのも、講演活動を行うのも、本を書くのも、さらには庸軒として道歌を詠むのも、すべては「天下布礼」の一環であると考えています。

「天下布礼」をめざして

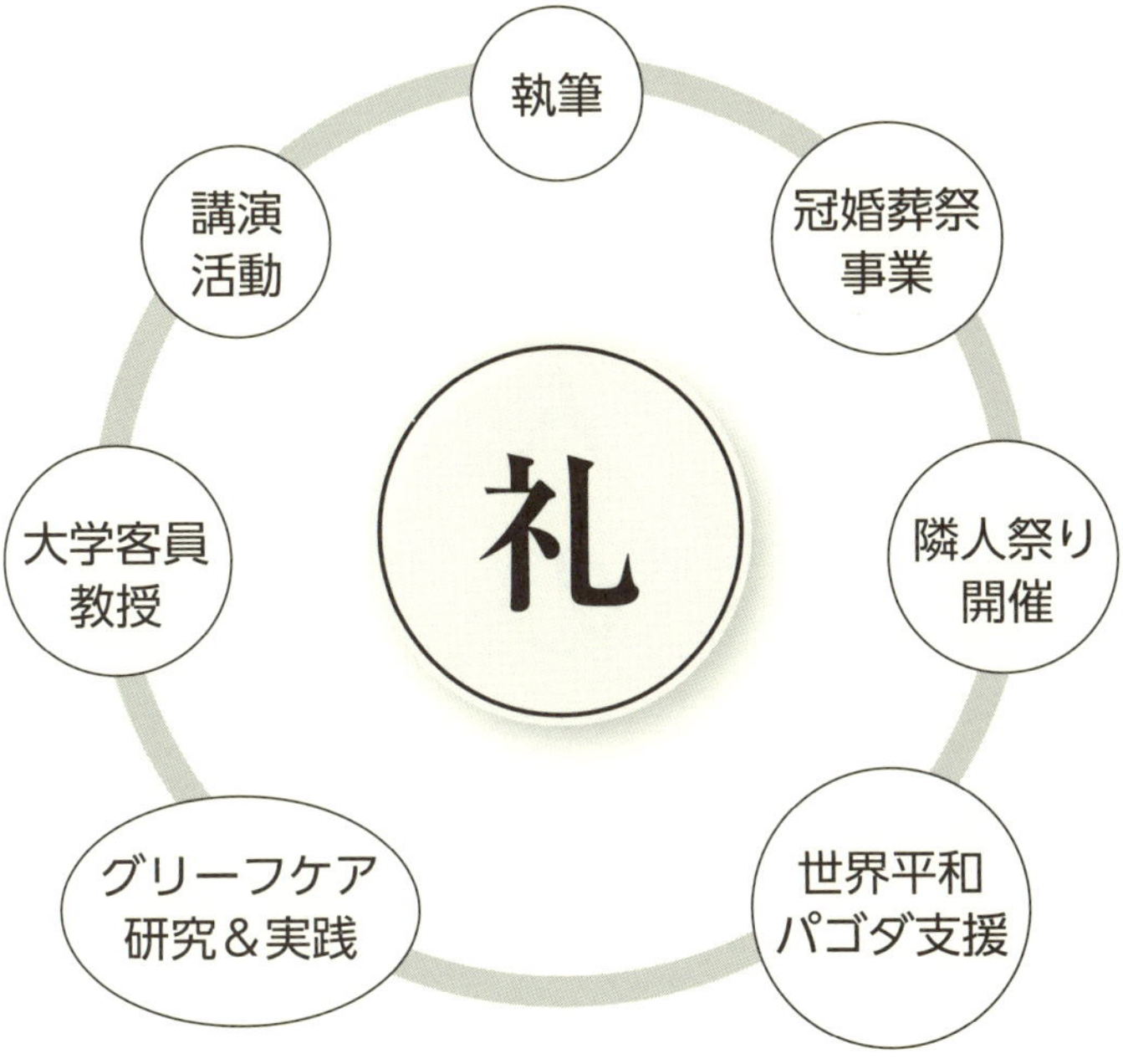

礼＝人間尊重

天下布礼＝人間尊重思想を広めること

人の道

冠婚葬祭という営みの中核となるコンセプトは「礼」です。「礼」とは一般に考えられているようなマナーというよりも、むしろモラル、平たく言って「人の道」です。

「礼」はもともと古代中国の宗教から社会規範、および社会システムにまで及ぶ巨大な取り決めの体系でした。「礼」は旧字体では「禮」と書かれますが、これは「履」の意味であり、人として履《ふ》みおこなうべきみちを意味しました。

孔子が開いた儒教では、「仁義礼智忠信孝悌」のように徳目の一つとして、「礼」を礼儀とかマナーの意に落ち着かせようとしました。それも確かに「礼」の一部であり、後に日本に入って、小笠原流礼法として開花したことはよく知られています。

また儒教は、他者に対する思いやりとしての「仁」を最高の徳とし、「孝」の実践を最高義としました。朱子学では「仁」が徳の中心にあり、すべての徳を含む概念であるとさえしました。しかし、本来は「義智忠信孝悌」のほうが「礼」の中に含まれていたものであり、決してその逆ではありません。「仁」は孔子が自らの理想の、新しい何かを表現しようとして採用した特別な言葉です。「仁」の概念こそ、もともとは「礼」の中にあったと言えるでしょう。倫理道徳、各種の祭祀、先祖供養、歴史、人間の集団における序列の意味などはすべて「礼」の中にあったのです！

わたしは、人の道つまりモラルとしての礼を「大礼」、礼儀作法つまりマナーとしての礼を「小礼」としています。そして、人の道のなかで最も重要な最優先すべきものは、親の葬礼であると孟子は断言しています。親の葬礼を行うことこそは、すべての「礼」の中心となる行為であり、「人の道」を堂々と歩むことにほかならないのです。

冠婚葬祭互助会の商品とは、お客様に僅かな掛け金で「人の道」を立派に歩んでいただくお手伝いです。人間が「人の道」を踏み外すことほど悲劇的で気の毒なことはありませんから、それを未然に防ぐことは「人助け」でもあるのです。

礼の社

毎年四月一日、わが社は多くの新入社員を迎えます。入社式で、わたしはいつも新入社員に対して「みなさんは、『サンレーは、どういう会社ですか?』と聞かれたら、どのように答えますか」と質問します。多くの人は「冠婚葬祭の会社です」と答えることでしょう。でも、サンレーは結婚式や葬儀のお手伝いだけでなく、婚活支援サービスやグリーフケア・サポートも行っています。ホテルも経営していますし、隣人祭りも多数開催しています。高齢者介護事業や温浴事業にも進出しました。それらの事業はすべて「人間尊重」をコンセプトとしています。そして「人間尊重」をひとことで言うと「礼」ということになるでしょう。そうです、サンレーとは「礼」の実践を業とする「礼の社」なのです。

もともとの「礼」の観念が変質し、拡大していくのは、春秋・戦国時代からです。「礼」の宗教性は希薄となり、もっぱら人間が社会で生きていく上で守るべき規範として、「礼」は重んじられるようになりました。『論語』にも「礼」への言及は多く、このことからも孔子の時代には、「礼」は儒家を中心によく学ばれていたことがわかります。そして、もともとの「礼」である「集団の礼」や「社会的な礼」とともに、徳の一つとして「個人的な礼」も実践されるようになりました。

孔子の門人たちにとって、「礼」を修得しなければ教養人として自立したことにはならないとされ、冠婚葬祭などのそれぞれの状況における立ち居ふるまいも重要視されるようになったのです。いずれにしろ、孔子にはじまる儒家は「礼」の思想にもとづく秩序ある社会の実現をめざしていました。「礼」の重要性を説いた日本人に陽明学者の安岡正篤がいます。彼は、「本当の人間尊重は礼をすることだ。お互いに礼をする、すべてはそこから始まるのでなければならない。お互いに狎《な》れ、お互いに侮り、お互いに軽んじて、何が人間尊重であるか」と言いました。

「経営の神様」といわれた松下幸之助も、何より「礼」を重んじました。彼は、世界中すべての国民民族が、言葉は違うがみな同じように礼を言い、挨拶をすることを不思議に思いながらも、それを人間としての自然の姿、人間的行為であるとしました。すなわち「礼」とは「人の道」であるとしたのです。無限といってよいほどの生命の中から人間として誕生したこと、そして万物の存在のおかげで自分が生きていることを思うところから、おのずと感謝の気持ち、「礼」の身持ちを持たなければならないと人間は感じたのではないかと松下幸之助は考えました。

わが社においても「礼」をすべての基本とし、大ミッションには「人間尊重」を掲げています。もともと冠婚葬祭を業とする会社ですから当然といえば当然ですが、さらに創業者である父・佐久間進が小笠原流礼法の伝統を受け継ぐ「実践礼道小笠原流」の宗家であり、挨拶・お辞儀・電話の応対・お茶出し・お見送りにいたるまで、社員へのマナー教育は徹底に徹底を重ねてきました。「礼」の考え方を世に広めることを「天下布礼」といいます。わが社は一九六六年の創業時から、「天下布礼」の旗を掲げてきました。本業の冠婚葬祭以外にもさまざまな活動に取り組んでいますが、それらはすべて人間関係を良くする、あるいは「有縁社会」を再生する試みなのです。

安岡正篤は、人が集まると、その中心に社《やしろ》ができると述べています。つまり、人の集まりの中心には神社がつくられる。そこから会社という社、さらには社会という大きな社が生まれると非常に興味深いことを言っています。皇産霊神社《みむすびじんじゃ》に守護されて、ハートフル・カンパニーからハートフル・ソサエティの実現をめざすわが社の思想と合致します。「会社は社会のもの」と喝破したのは、世界最高の経営学者ピーター・ドラッカーです。

わが社は、「選択と集中」「知識化」「イノベーション」など、数々のドラッカー理論に基づいて経営されてきました。会社は社会のものであるということは、会社は社会を構成する大きな要素だということです。多くの会社が心ある存在になれば、心ある社会が生まれるのです。わたしは「わが社をば　何の会社と人問はば　礼の社と胸を張るべし」という道歌を詠みましたが、いつまでも礼の社であり続けたいと願っています。

文化の防人

「文化の防人《さきもり》」という言葉は、二〇二四年九月五日に行ったサンレーグループ営業責任者会議の社長訓話で提唱したものです。

二〇二四年八月、わたしは、一般財団法人　冠婚葬祭文化振興財団の理事長に就任しました。この財団は、人の一生に関わる儀礼である冠婚葬祭に代表される人生儀礼の文化を振興し、次世代に引き継いで行く事業を行い、わが国伝統文化の向上・発展に寄与することを目的に二〇一六年に設立されました。

古来より続く冠婚葬祭文化を見直し、振興し、次世代に引き継ぐべく、助成金の交付、儀式等への支援、講座の開催、顕彰などの支援事業を行っています。本財団が実施している具体的な事業は、資格制度事業・儀礼儀式文化振興事業・社会貢献基金事業・冠婚葬祭総合研究所事業を主とした四つの事業となります。

「冠婚葬祭文化」といいますが、冠婚葬祭は文化そのものです。日本には、茶の湯・生け花・能・歌舞伎・相撲・武道といった、さまざまな伝統文化があります。そして、それらの伝統文化の根幹にはいずれも「儀式」というものが厳然として存在します。たとえば、武道とは「礼に始まり、礼に終わる」もの。すなわち、儀式なくして文化はありえないのです。その意味において、儀式とは「文化の核」と言えます。そして、儀式そのものである「冠婚葬祭」の本質は「文化の集大成」です。

「冠婚葬祭」のことを、ずばり結婚式と葬儀のことだと思っている人も多いようです。たしかに婚礼と葬礼は人生の二大儀礼です。しかし、「冠婚葬祭」のすべてではありません。「冠婚＋葬祭」ではなく、あくまでも「冠＋婚＋葬＋祭」です。

「冠」はもともと元服のことで、現在では、誕生から成人までのさまざまな成長行事を「冠」とします。すなわち、初宮参り、七五三、十三祝い、成人式などです。「祭」は先祖の祭祀です。三回忌などの追善供養、春と秋の彼岸や盆、さらには正月、節句、中元、歳暮など、日本の季節行事の多くは先祖をしのび、神をまつる日でした。現在では、正月から大みそかまでの年中行事を「祭」とします。そして、「婚」と「葬」です。結婚式ならびに葬儀の形式は、国により、民族によって、きわめて著しく差異があります。これは世界各国のセレモニーには、その国の長年培われた宗教的伝統や民族的慣習などが反映しているからです。儀式の根底には「民族的よりどころ」というべきものがあります。

結婚式ならびに葬儀に表れたわが国の儀式の源は、小笠原流礼法に代表される武家礼法に基づきますが、その武家礼法の源は『古事記』に代表される日本的よりどころです。すなわち、『古事記』に描かれたイザナギ、イザナミのめぐり会いに代表される陰陽両儀式のパターンこそ、室町時代以降、今日の日本的儀式の基調となって継承されてきました。初宮祝い、七五三、成人式、結婚式、長寿祝い、葬儀、法事法要……そんな日本的儀式が「冠婚葬祭」というわけですが、それはとりもなおさず日本人の一生を彩る「人生の四季を愛でる」セレモニーであると言えるでしょう。

現在の日本社会は「無縁社会」などと呼ばれています。しかし、この世に無縁の人などいません。どんな人だって、必ず血縁や地縁があります。そして、多くの人は学校や職場や趣味などでその他にもさまざまな縁を得ていきます。この世には、最初から多くの「縁」で満ちているのです。ただ、それに多くの人々は気づかないだけなのです。わたしは、「縁」という目に見えないものを実体化して見えるようにするものこそ冠婚葬祭だと思います。結婚式や葬儀、七五三や成人式や法事・法要のときほど、縁というものが強く意識されることはありません。冠婚葬祭が行われるとき、「縁」という抽象的概念が実体化され、可視化されるように思います。哲学者ヴィトゲンシュタインが言うように、人間とは「儀礼的動物」なのです。

「日本文化」といえば、代表的なものに茶道があります。茶道といえば、茶器が大切です。茶器とは、何よりも「かたち」そのもの。水や茶は形がなく不安定です。それを容れるものが器です。水と茶は「こころ」です。「こころ」も形がなくて不安定です。ですから、「かたち」としての器に容れる必要があるのです。

その「かたち」には別名があります。「儀式」です。茶道とはまさに儀式文化であり、「かたち」の文化です。人間の「こころ」は、どこの国でも、いつの時代でも不安定です。だから、安定するための「かたち」すなわち儀式が必要なのです。

わたしは冠婚葬祭こそ「文化の中の文化」であると思っています。冠婚葬祭文化の振興という仕事を天命ととらえ、全身全霊、命をかけて取り組む所存です。

わたしは、これまで冠婚葬祭業を単なる「サービス業」から「ケア業」への進化を提唱してきましたが、さらには「文化産業」としてとらえる必要があることを訴えています。自動車産業をはじめ、産業界には巨大な業界が多いです。その中で冠婚葬祭業の存在感は小さいです。サービス業に限定してみても、大きいとは言えません。

矢野経済研究所の調べによれば、冠婚市場は約二兆円、葬祭市場は約一兆七〇〇〇億円、互助会市場は約八〇〇〇億円とされていますが、サービス業と同じ第三次産業である卸売業・小売業の約五四〇兆円に敵わないことは言うに及ばず、情報通信業の約八三兆円、運輸業・郵便業の約七一兆円とも比較にもなりません。「サービス業」では小さな存在の冠婚葬祭業ですが、「文化産業」としてとらえると一気に存在感が大きくなります。

日本伝統文化の市場規模を見ると、文化庁などの調査報告によれば、茶道が約八四〇億円です。授業料・会費・着付け・交際費・交通費など茶道に関するすべての消費を含むと約一六三九億円です。他の伝統文化の市場規模は、華道が約三三二億円、書道が約三九九億円、歌舞伎が約三〇〇億円（歌舞伎座の売上）、大相撲が約一〇〇億円（日本相撲協会の売上）となっています。ということは、冠婚葬祭業を冠婚葬祭という日本の伝統文化を継承する文化産業としてとらえた場合、一転して最大の存在となるのです。

また、冠婚葬祭とは単なる文化の一ジャンルなどではありません。わたしは冠婚葬祭業国際交流研究会の座長として、世界各国の結婚式や葬儀の事情を視察しましたが、各国のセレモニーには、その国の長年培われた宗教的伝統や民族的慣習などが反映しています。繰り返しになりますが、儀式の根底には「民族的よりどころ」というべきものがあるのです。

儀式なくして文化はありえません。「文化の核」である冠婚葬祭を継承し続けている冠婚葬祭業者は、日本人の「こころ」を守る「かたち」を守っているのです。冠婚葬祭業という「礼業」に従事する人々は、「文化の防人」なのです。

作家の三島由紀夫は、著書『文化防衛論』において「文化を守る営為は文化そのものでもある」と喝破しました。冠婚葬祭業者という「文化の防人」としてこの営みに参画できることを、わたしは心の底から誇りに思います。

月光経営

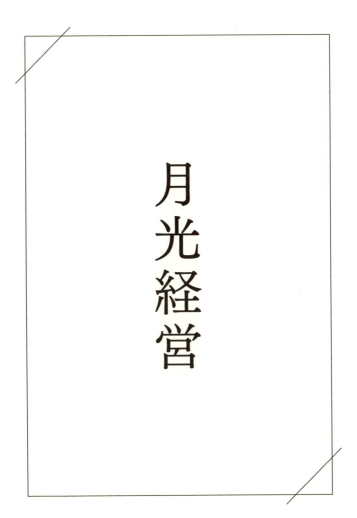

月光経営とは、二〇〇六年に上梓した『孔子とドラッカー』（三五館）の「あとがき」で初めて提唱した言葉です。それは、リストラの嵐を吹きつけ社員を寒がらせる北風経営でもなく、ぬくぬくと社員を甘やかす太陽経営でもなく、月光のような慈悲と徳をもって社員をやさしく包み込む第三のマネジメントです。

企業経営において利益が重要視されるのは当然ですが、利益とは影のようなものだと言えます。例えば、太陽のような意味のある実態を考えてみると、太陽は照るときもあれば、照らないときもあります。しかし地球上のどんなところでも、冬の北極でも南極でも、一年中一度も太陽が照らないということはありません。そして、太陽が照ると、影ができます。そんなものはいらないと言っても、太陽という実態が照れば影はできるのです。

ビジネスでは、世の中の人に役立つような商品あるいはサービスを提供します。場合によっては、人々はそれに見向きもせず、買ってくれないかもしれません。利用してもらえないかもしれない。でも本当に価値のある商品、意味のあるサービスであれば、必ずその値打ちを認めてくれる人が現われます。そういう認めてくれる消費者、ユーザーが必ず出てきます。それは、いわば太陽のような存在です。真価を認めてくれる人がいれば、売上は必ず立ち、そういう人がたくさんいれば、要らないと言ってもできる影のように、必ず利益があがるのです。しかし、灼熱の太陽があまりも異常な利益が出し濃い影が浮かび上がったとき、あまりの暑さや日射病を避けるため、人々は木陰や建物の中に逃げ込み、濃い影は一瞬にして消滅してしまいます。それが、バブル崩壊だと言えるでしょう。

現在のような低成長時代には、太陽よりも月が重要となります。

暑くもなく、日射病になる心配もない月光はいつまでも地上を照らしていてくれます。

高度成長期において、わたしたちはいたずらに「若さ」と「生」を謳歌してきましたが、超高齢社会では、「老い」と「死」に正面から向かい合わなければなりません。

太陽から月への主役交代とは、それらを見事に象徴しているのです。

慈悲の光を放ち、おだやかな影をつくるものこそ月光経営です。

各企業がそれぞれの社会的使命を自覚し、世の人々の幸福に貢献し、徳業となることをめざすならば、その結果として利益という月の影ができるのです。

経営とは、満月の夜の影ふみのような最高の遊びなのではないでしょうか。

S2M

二〇〇一年一〇月にわたしがサンレー社長に就任した際、新しく打ち出したミッション・ステートメントが「Ｓ２Ｍ」です。アメリカのマネジメント・シーンで流行となっていた「Ｂ２Ｂ」（ビジネス・トゥー・ビジネス）や「Ｂ２Ｃ」（ビジネス・トゥー・カスタマー）のごとく、深く豊富なメッセージを簡潔にまとめようと思い立ちました。

まず、「SUNRAY TO MEMBERS」「SYSTEM TO MONEY」「SPEED TO MARKET」「SERVICE TO MIND」の四つを発表。その後、「SKILL TO MAJOR」と「STRAIGHT TO MISSION」の二つが加わりました。さらに「SMILE TO MANKIND」と「SUPPORT TO MORAL」の二つが追加されたのです。

前代未聞の「増殖する経営理念」として有名になりました。現在では、仏教の「八正道」や儒教の仁義礼智忠信孝悌といった「八徳」と同じく聖なる数字の八つにまとめられ、サンレーグループの各事業所で毎朝、唱和されています。

敬愛するピーター・ドラッカーの思想をはじめ、あらゆる「人間尊重」の経営思想のエッセンスが「Ｓ２Ｍ」の中には込められています。「Ｓ２Ｍ」では、新時代に必要なコンセプトをすべて「Ｓ２Ｍ宣言」にまとめたわけです。多くの方々から「すばらしい」というお褒めの言葉を頂戴しました。しかし、経営理念は俳句や短歌とは違って、たとえ文学的な技巧が優れていてもまったく意味がありません。また、広告のコピーともまた違います。あくまで経営理念は、それを実践して初めて意味があります。

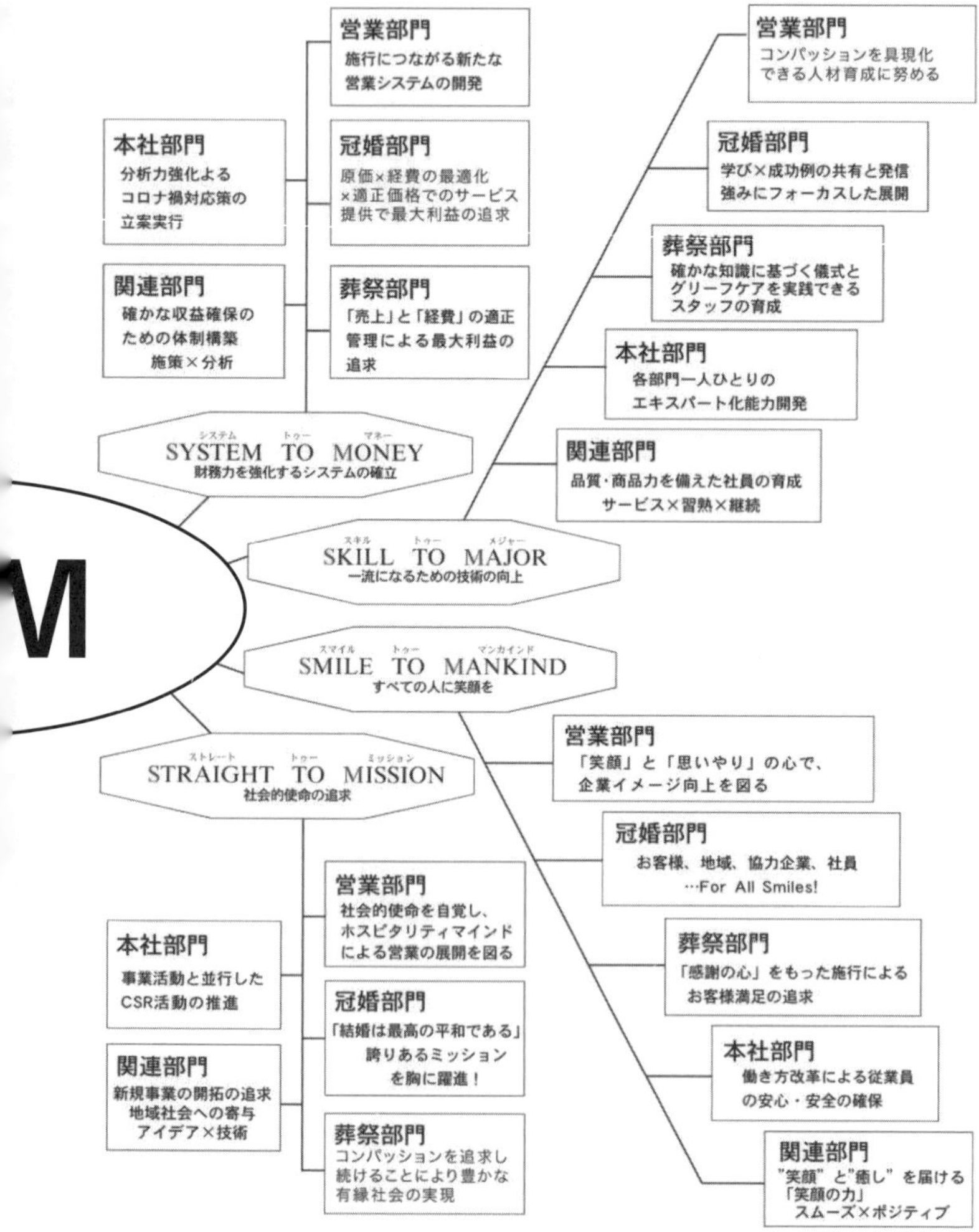
M
SYSTEM《システム》 TO《トゥー》 MONEY《マネー》
財務力を強化するシステムの確立
本社部門
分析力強化よる
コロナ禍対応策の
立案実行
関連部門
確かな収益確保の
ための体制構築
施策×分析
営業部門
施行につながる新たな
営業システムの開発
冠婚部門
原価×経費の最適化
×適正価格でのサービス
提供で最大利益の追求
葬祭部門
「売上」と「経費」の適正
管理による最大利益の
追求
SKILL《スキル》 TO《トゥー》 MAJOR《メジャー》
一流になるための技術の向上
営業部門
コンパッションを具現化
できる人材育成に努める
冠婚部門
学び×成功例の共有と発信
強みにフォーカスした展開
葬祭部門
確かな知識に基づく儀式と
グリーフケアを実践できる
スタッフの育成
本社部門
各部門一人ひとりの
エキスパート化能力開発
関連部門
品質・商品力を備えた社員の育成
サービス×習熟×継続
SMILE《スマイル》 TO《トゥー》 MANKIND《マンカインド》
すべての人に笑顔を
営業部門
「笑顔」と「思いやり」の心で、
企業イメージ向上を図る
冠婚部門
お客様、地域、協力企業、社員
…For All Smiles!
葬祭部門
「感謝の心」をもった施行による
お客様満足の追求
本社部門
働き方改革による従業員
の安心・安全の確保
関連部門
"笑顔"と"癒し"を届ける
「笑顔の力」
スムーズ×ポジティブ
STRAIGHT《ストレート》 TO《トゥー》 MISSION《ミッション》
社会的使命の追求
本社部門
事業活動と並行した
CSR活動の推進
関連部門
新規事業の開拓の追求
地域社会への寄与
アイデア×技術
営業部門
社会的使命を自覚し、
ホスピタリティマインド
による営業の展開を図る
冠婚部門
「結婚は最高の平和である」
誇りあるミッション
を胸に躍進！
葬祭部門
コンパッションを追求し
続けることにより豊かな
有縁社会の実現

S2M MAP 2024

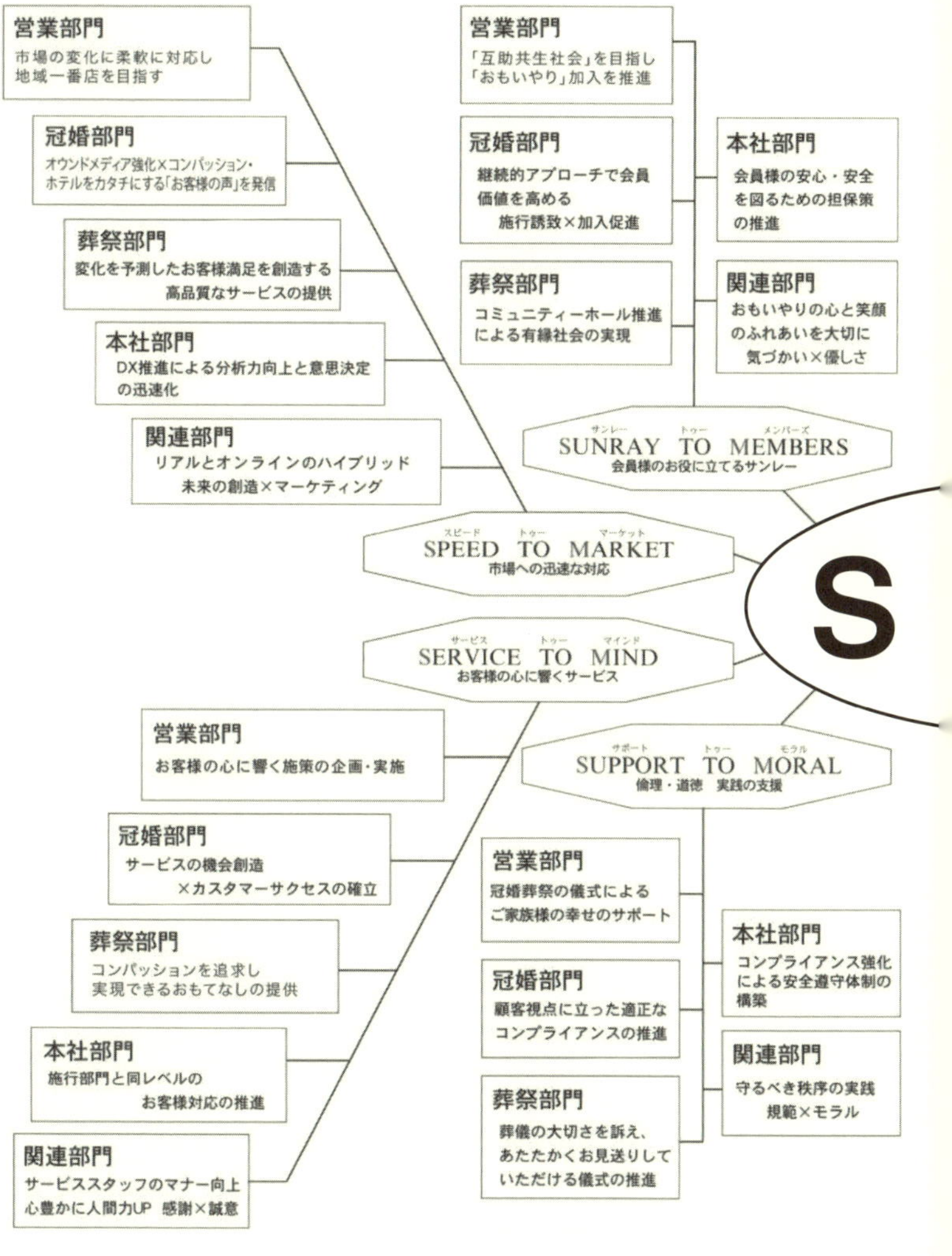
営業部門
市場の変化に柔軟に対応し
地域一番店を目指す
冠婚部門
オウンドメディア強化×コンパッション・
ホテルをカタチにする「お客様の声」を発信
葬祭部門
変化を予測したお客様満足を創造する
高品質なサービスの提供
本社部門
DX推進による分析力向上と意思決定
の迅速化
関連部門
リアルとオンラインのハイブリッド
未来の創造×マーケティング
営業部門
「互助共生社会」を目指し
「おもいやり」加入を推進
冠婚部門
継続的アプローチで会員
価値を高める
施行誘致×加入促進
葬祭部門
コミュニティーホール推進
による有縁社会の実現
本社部門
会員様の安心・安全
を図るための担保策
の推進
関連部門
おもいやりの心と笑顔
のふれあいを大切に
気づかい×優しさ
SUNRAY《サンレー》 TO《トゥー》 MEMBERS《メンバーズ》
会員様のお役に立てるサンレー
SPEED《スピード》 TO《トゥー》 MARKET《マーケット》
市場への迅速な対応
S
SERVICE《サービス》 TO《トゥー》 MIND《マインド》
お客様の心に響くサービス
SUPPORT《サポート》 TO《トゥー》 MORAL《モラル》
倫理・道徳 実践の支援
営業部門
お客様の心に響く施策の企画・実施
冠婚部門
サービスの機会創造
×カスタマーサクセスの確立
葬祭部門
コンパッションを追求し
実現できるおもてなしの提供
本社部門
施行部門と同レベルの
お客様対応の推進
関連部門
サービススタッフのマナー向上
心豊かに人間力UP 感謝×誠意
営業部門
冠婚葬祭の儀式による
ご家族様の幸せのサポート
冠婚部門
顧客視点に立った適正な
コンプライアンスの推進
葬祭部門
葬儀の大切さを訴え、
あたたかくお見送りして
いただける儀式の推進
本社部門
コンプライアンス強化
による安全遵守体制の
構築
関連部門
守るべき秩序の実践
規範×モラル

M & A

「人の心はお金で買える」といった露骨な拝金主義が約二〇年前に横行しましたが、人の心はお金では買えません。人の心を動かすことができるのは、人の心だけです。「心ゆたかな社会は、心ゆたかな会社から！」ということで、ハートフル・ソサエティを実現するには、ハートフル・カンパニーの存在が必要とされます。

ハートフル・カンパニーに求められるものは「M&A」です。

M&Aといっても、企業の合併・買収のことではありません。M&Aの「M」とは「Mission（ミッション）」のことであり、「A」とは「Ambition（アンビション）」のこと。つまり、「使命」と「志」のことなのです。

会社人として仕事をしていくうえで「ミッション」が非常に大切です。「ミッション」は、もともとキリスト教の布教を任務として外国に派遣される人々を意味する言葉でしたが、現在はより一般的に「社会的使命」や「使命感」を意味するようになってきています。ミッション経営とは、社会について考えながら仕事をすることであると同時に、お客様のための仕事を通して社会に貢献することです。すなわち、お客様の背後には社会があるという意識を待たなくてはなりません。

経営学者ピーター・ドラッカーは、「仕事に価値を与えよ」と力説しましたが、これはとりもなおさず、その仕事の持つミッションに気づくということにほかなりません。

ミッションを明確に成文化して述べることを「ミッション・ステートメント」といいま

す。ミッション・ステートメントなき会社は、使命なき会社だとされても仕方ありません。

そして、ミッションと並んで会社人に必要なものが、アンビション、つまり「志」です。わたしは、志というのは何よりも「無私」であってこそ、その呼び名に値すると思っています。わたしの尊敬する吉田松陰の言葉に「志なき者は、虫（無志）である」というのがありますが、これをもじれば、「志ある者は、無私である」と言えるでしょう。

よく混同されますが、夢と志は違います。「自分が幸せになりたい」というのは夢であり「世の多くの人々を幸せにしたい」というのが志です。夢は私、志は公に通じているのです。自分ではなく、世の多くの人々です。「幸せになりたい」ではなく、「幸せにしたい」です。この違いが重要なのです。

今後の会社経営において、はミッション（使命）とアンビション（志）による「M&A」戦略が必要とされます。特に「ホスピタリティ」を提供するあらゆるサービス業において、施設の展開競争に代表されるハード戦略は、もう終わりです。これからは、「ハード」よりも「ハート」、つまりその会社の「思い」や「願い」を見て、お客様が選別する時代に入ります。そのときに、最大の武器であり宝物となるものこそ、「M&A」なのです。

ＷＣ

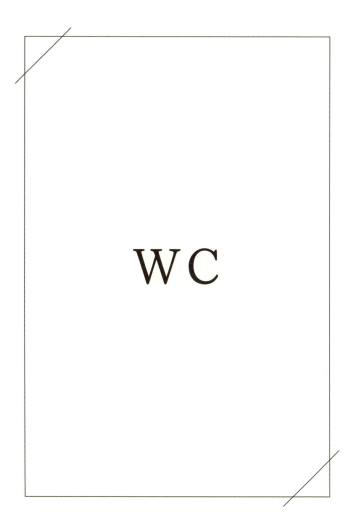

WCとは、トイレのことでも、ワールドカップでもありません。

今後の社会および会社経営において重要なコンセプトとなる「ウェルビーイング（Well-being）」と「コンパッション（Compassion）」の頭文字からとったもので、「ウェルビーイング&コンパッション」を意味しています。

わたしは、以前はウェルビーイングを超えるものがコンパッションであると考えていましたが、この二つは矛盾しないコンセプトであり、それどころか二つが合体してこそ、わたしたちが目指すハートフル・ソサエティが実現できることに気づきました。ウェルビーイングが陽なら、コンパッションは陰。そして、陰陽を合体させることは産霊《むすび》です。

「SDGs（Sustainable Development Goals）」は世界的に有名ですが、これは「持続可能な開発目標」という意味で、国連で採択された「未来のかたち」です。SDGsは健康と福祉、産業と技術革新、海の豊かさを守るなど経済・社会・環境にまたがる一七の目標があります。そして、それらを二〇三〇年までに実現することを目指しています。SDGsは、二〇三〇年までという期間限定なのです。それ以降のキーワードは「ウェルビーイング」だと言われています。意味は、「幸福な存在、相手を幸福にする存在」ということになります。SDGsの一七の項目を包括する概念といってもいいでしょう。

ウェルビーイングの定義は、「健康とは、単に病気や虚弱でないというだけでなく、身体的にも精神的にも社会的にも良好な状態」というものです。しかし従来、身体的健康のみが一人歩きしてきました。

ところが、文明が急速に進み、社会が複雑化するにつれて、現代人は、ストレスという大問題を抱え込みました。ストレスは精神のみならず、身体にも害を与え、社会的健康をも阻みます。健康は幸福と深く関わっており、人間は健康を得ることによって、幸福になれます。ウェルビーイングは、自らが幸福であり、かつ、他人を幸福にするという人間の理想が集約された思想とも言えるでしょう。

一方、コンパッションは、単なる好意や気遣いの感情以上のことを意味しています。この用語の中心には、互恵性（reciprocity）と具体的行動（action）という考え方があり、平たく言えば「思いやり」であり、仏教の「慈悲」「利他」、儒教の「仁」、キリスト教の「隣人愛」にも通じます。コンパッション都市とは、老いや病、死、喪失などを受けとめ支え合うコミュニティのことを指しています。そして、コンパッション企業とは、お客様のこころに寄り添って「思いやり」を示し、さらには、老いや病、死、喪失などを受けとめ支える会社です。ハートフル・ソサエティの実現のために具体的行動を続けるサンレーにとって、コンパッションはドンピシャリのキーワードであると考えています。

ウェルビーイングとコンパッションを包括すると、「ありのままの自分を大切に、他人に優しく生きる」というメッセージが浮かび上がってきます。ウェルビーイングとコンパッションの二つの概念を合体させること、つまり産霊《むすび》を行うことが、ハートフル・ソサエティ

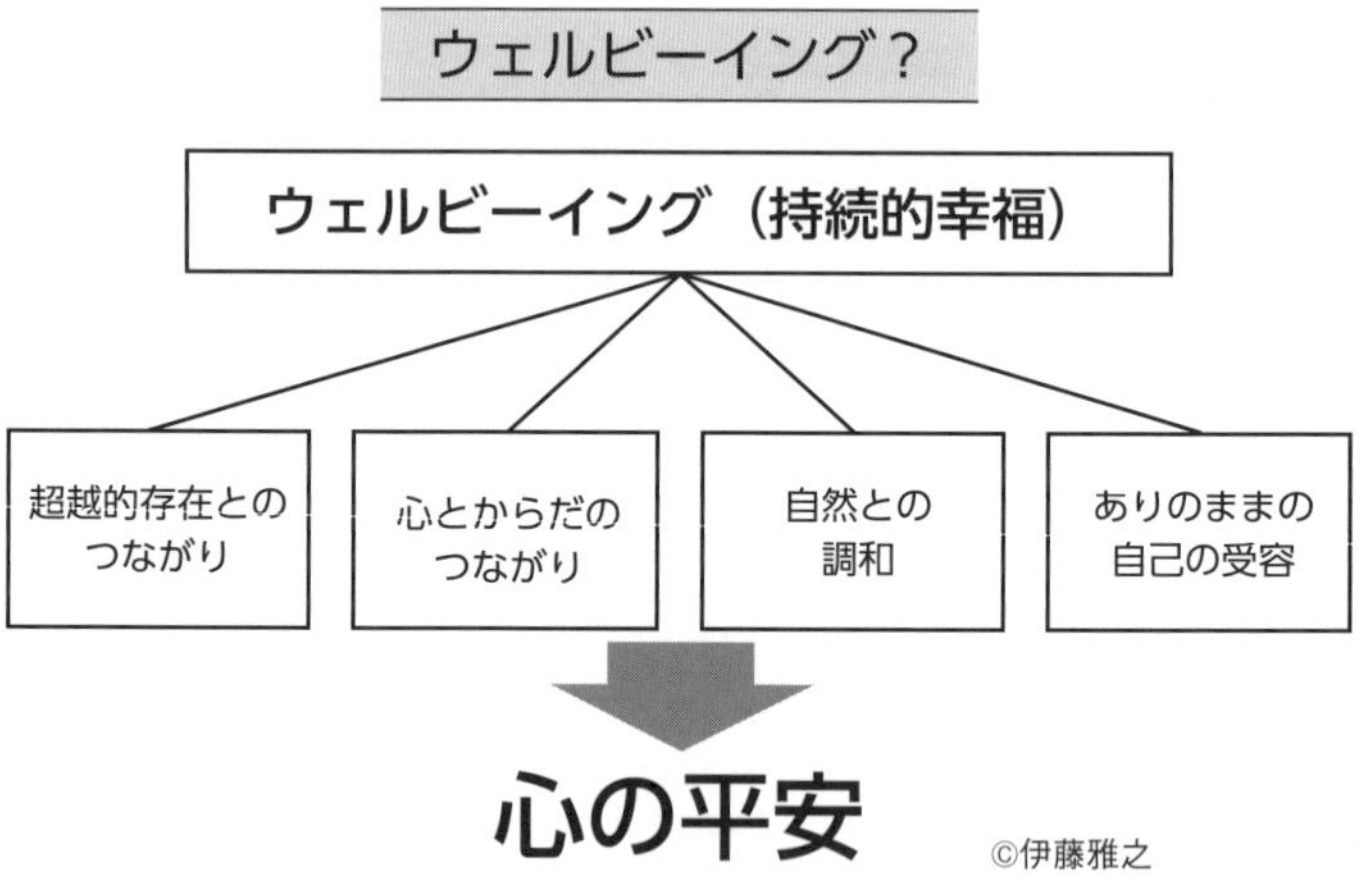

©伊藤雅之『現代スピリチュアル文化論』（明石書店）より

実現の第一歩となります。

しかし、合体させて終わりでは「絵にかいた餅」でしかありません。産霊《むすび》を行い、実現できるカタチに落とし込んだもの、つまりウェルビーイングとコンパッションの息子であり娘に当たるものが「サンレーズ・アンビション・プロジェクト（SAP）」です。

「ウェルビーイング」という考え方が生まれたのは一九四八年ですが、そこには明らかに戦争の影響があったと思います。また、ビートルズの「Let It Be」のメッセージをアップデートしたものがジョン・レノンの「IMAGINE」だと気づきました。つまり、ウェルビーイングには「平和」への志向があるのだと思います。実際、ベトナム戦争に反対する対抗文化（カウンターカルチャー）として「ウェルビーイング」は注目されました。現在、ロシア・ウクライナ戦争やイスラエル・ガザ戦争が行われていますが、このような戦争の時代に「ウェルビーイング」は再注目されました。

一方、「コンパッション」の原点は、「慈経」の中にあります。ブッダが最初に発したメッセージであり、「慈悲」の心を説いています。その背景には悲惨なカースト制度がありました。ブッダは、あらゆる人々の平等、さらには、すべての生きとし生けるものへの慈しみの心を訴えました。つまり、コンパッションには「平等」への志向があるのだと思います。現在、新型コロナウイルスによるパンデミックによって、世界中の人々の格差はさらに拡大し、差別や偏見も強まったような気がします。このような分断の時代に、また超高齢社会および多死社会において、「コンパッション」は求められます。

地球環境の問題は別にして、人類の普遍的な二大テーマは「平和」と「平等」です。その「平和」「平等」を実現するコンセプトが「ウェルビーイング」と「コンパッション」です。「ＷＣ」つまり「ウェルビーイング＆コンパッション」の産霊《むすび》を行い、「サンレーズ・アンビション・プロジェクト（ＳＡＰ）」を実践・推進していくことが、ハートフル・ソサエティとしての互助共生社会実現の第一歩となると考えています。後は、実行あるのみ！

サンレー・アンビション・プロジェクト（SAP）

ウェルビーイング
W
老福社会実現
グランドカルチャー事業
ともいき倶楽部
認知症サポーター
隣人館
人間尊重
冠婚
社会貢献
児童養護施設七五三晴れ着無償レンタル
児童養護施設成人式晴れ着無償レンタル
サンレーズ・アン
有縁社会再生
隣人祭り
地域見守り活動
縁結びの社 皇産霊神社
日王の湯（湯縁の構築）
ホームレス支援 抱樸サポート
ロシナンテス支援

GM

ＧＭとは、ゼネラル・モーターズ（General Motors）のことでも、ゼネラル・マネージャー（General Manager）のことでもありません。

グリーフケア（Grief care）とマインドフルネス（Mindfulness）の、それぞれの頭文字から取ったもので、「グリーフケア＆マインドフルネス」の意味です。

グリーフケアについて、上智大学グリーフケア研究所の公式ＨＰには「『グリーフ』とは、深い悲しみ、悲嘆、苦悩を示す言葉です。『グリーフ』は、さまざまな『喪失』、すなわち、自分にとって大切な人やものや事柄を失うことによって起こるもので、何らかの喪失によってグリーフを感じるのは自然なことです。一九九九年、世界保健機関（ＷＨＯ）は、健康の定義について『身体（Physical）』、『精神（Mental）』、『社会（Social）』そして『スピリチュアル（Spiritual）』の４つの領域があることを提案しています。グリーフケアとは、スピリチュアルの領域において、さまざまな『喪失』を体験し、グリーフを抱えた方々に、心を寄せて、寄り添い、ありのままに受け入れて、その方々が立ち直り、自立し、成長し、そして希望を持つことができるように支援することです。多元価値社会とも言える現代は、一人ひとりが、自らの生きがいを求める時代、人間らしい死に方を求める時代であると言うこともできます。それは、医療や先端科学技術の現場はもとより、福祉や介護の現場、災害や事件・事故の現場、教育の現場、葬儀の現場など、さまざまな現場において、グリーフケアが必要とされる時代となっています」と書かれています。

一方、マインドフルネスについては、どうか。

『現代精神医学事典』(弘文堂)には、「一九七九年にジョン・カバットジンによりマサチューセッツ大学医学部にストレス低減プログラムとして創始された瞑想とヨーガを基本とした治療法。慢性疼痛、心身症、摂食障害、不安障害、感情障害などが対象となる。ジョン・カバットジンは鈴木大拙の禅に影響を受け、仏教を宗教としてではなく人間の悩みを解決するための精神科学としてとらえ、医療に取り入れた。その基本的考えは、煩悩からの解脱と静謐な心を求める座禅に軌を一にしている。マインドフルネスの語義は〝注意を集中する〟である。一瞬一瞬の呼吸や体感に意識を集中し、〝ただ存在すること〟を実践し、〝今に生きる〟ことのトレーニングを実践する。これにより自己受容、的確な判断、およびセルフコントロールが可能となる。マインドフルネスは認知行動療法に取り入れられ脚光を浴びるようになった。しかし、認知行動療法は認知の変容を目指すのに対して、マインドフルネスは認知のとらわれからの解放を誘導する」と書かれています。

マインドフルネスの効果として、一九七〇年代よりアメリカを中心に科学的・医学的な研究が進み、効果が最も実証されている瞑想の一つであり、ストレスや不安を取り除き、ココロを休め、生産力があがるということが実証されています。海外の企業ではグーグル、アップル、ゴールドマンサックス、日本の企業でもヤフー・メルカリほか多くの企業で取り入れられ、社員のメンタルヘルス対策として、モチベーション、集中力、創造性、記憶力、生産性などの向上や改善のために、人材フォローの一環として行われています。

グリーフケアは、ケアをするケア者とケアを受けるクライアントの相互の関係性が重要です。一方、マインドフルネスは瞑想により自己を見つめていくというように、実践の方法や関わる人数など異なった点がありますが、この二つの間には共通する部分もあります。それは、どちらにおいても「ありのまま」の心の動きが重要な要素であるということです。

グリーフケアの中で行われるものとして「ナラティブ・アプローチ」というものがあります。これは悲しみを抱える相手のケアを行う際に、相手の語る「語り・物語（narrative）」を通して何らかの現象に迫る（アプローチする）実践方法ですが、その人の語るストーリーという形でその人の問題や課題を外に出してもらい、語り手と聞き手が「語り」を通して相互に影響しあい、ストーリーが変わっていくことで、考え方や課題を変えていくという手法です。そしてこの手法を通して、その人らしい悲しみの寄り添いかたを一緒に見つけていく方法となります。ここで大切なのは自己の心の中にある悲しみを言語化し「語り」というかたちで外在化するということです。この「語り」は自己の心を自分なりに「ありのまま」に表したものです。

また、マインドフルネスにおいても「ありのまま」というワードが大切となります。瞑想の中で浮かんでくる思想や雑念に意識を向け、瞬間的に展開する思想や雑念を素直に受け入れて瞑想を続けることで、自分が無意識のうちに評価していることに気付き、物事をありのままに受け入れ適切な対応が可能となってくるというものです。

グリーフケアとマインドフルネスにおいて、「他者に語る言葉」と「自己の内にある思想や雑念に気付くこと」という違いはあっても、最も大切なのは「ありのまま」の心の動きを感じることについて共通する部分があるのではと考えられます。

拙著『心ゆたかな社会』（現代書林）の帯には「マインドフルネス」と「グリーフケア」という言葉が明記されています。ハートフル・ソサエティ＝心ゆたかな社会を創造するために、グリーフケアとマインドフルネスは欠かせない存在なのです。

サンレーグループでは、「WC」つまり「ウェルビーイング＆コンパッション」の産霊《むすび》をカタチとした「サンレーズ・アンビション・プロジェクト（SAP）」を推進しています。SAPには大小さまざまな事業が内包されており、今後さらに増やしていきますが、それらの事業を実現するために必要なものが「GM」すなわち「グリーフケア＆マインドフルネス」だと考えています。マインドフルネスの実践でモチベーション、集中力、創造性、記憶力、生産性を高めて、より多くの方、より深いグリーフを抱えた方のケアに取り組んでいきたいと思います。

CSHW

マネジメント品質あるいは業務品質を高めるための「ＰＤＣＡ」のサイクルは有名ですが、サンレーでは「ＣＳＨＷ」というハートフル・サイクルをお客様、そして社員にも提供していきたいと考えています。

マネジメントのサイクル「ＰＤＣＡ」は、Plan（計画）⇩Do（実行）⇩Check（評価）⇩Act（改善）ですが、「ＣＳＨＷ」は、Compassion（思いやり）⇩Smile（笑顔）⇩Happiness（幸せ）⇩Well-being（持続的幸福）を意味しています。

コンパッションは、「思いやり」や「慈悲」「隣人愛」「仁」「利他」などを包括する言葉です。これは サンレーが提供するケアやサービスに必要不可欠なものです。

真の思いやりをもったケアやサービスは、必ずお客様を笑顔にしていきます。そして、笑顔となったお客様は当然、幸せな気持ちになります。同時にお客様を笑顔にすることができた社員自身も幸せを享受することができると思います。幸せの場である婚礼のシーンではもちろんのこと、ご葬儀においても「大切なあの人をきちんとお見送りすることができた」と、笑顔になり、スタッフへ感謝の言葉をかけてくださるご遺族が多くいらっしゃいます。つまり、コンパッション・ケア、コンパッション・サービスはお客様にも提供者にも笑顔と幸せを広げていくことができるのです。

婚礼においても、葬儀においても、セレモニーが終わればすべて終わりというわけでは

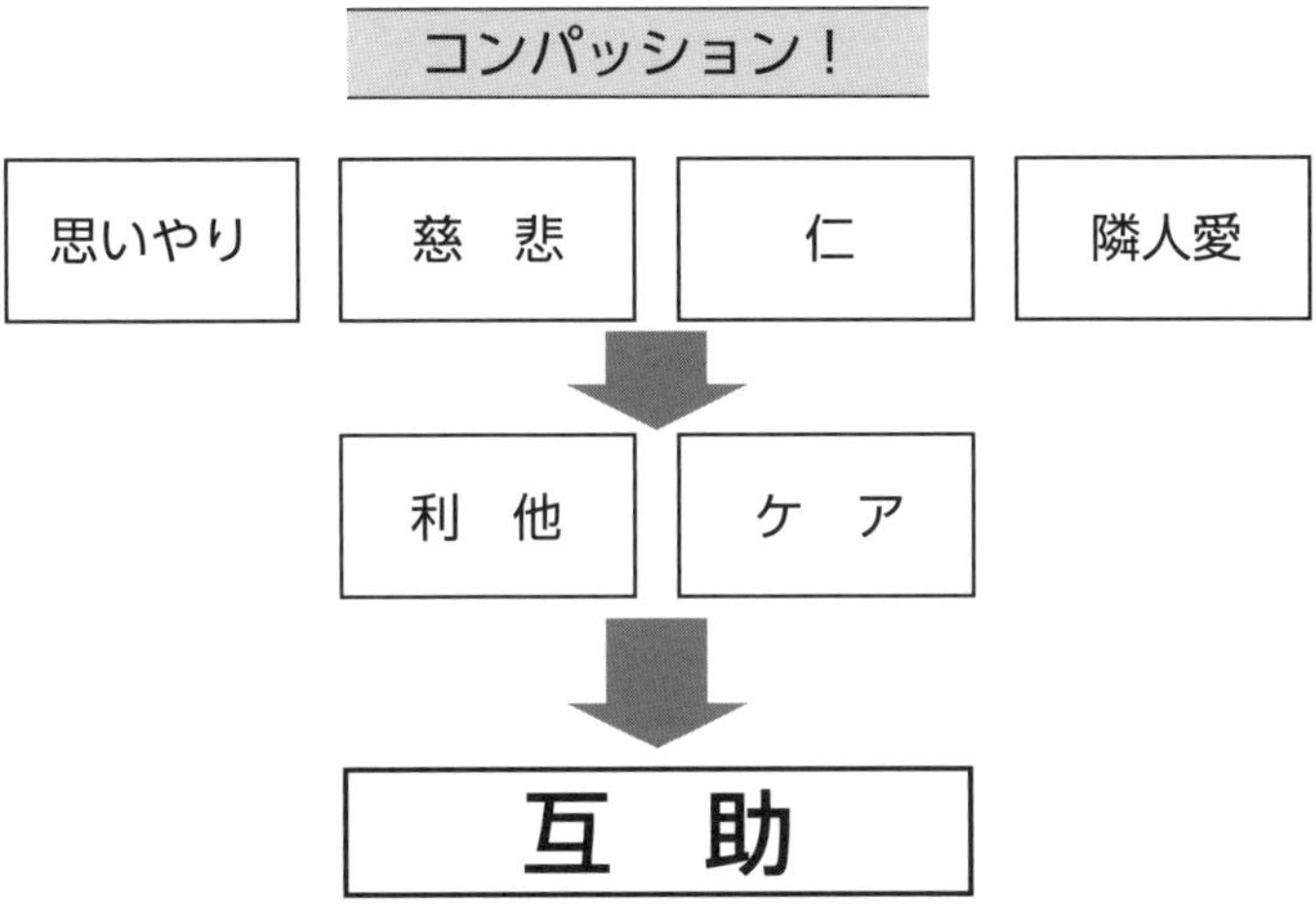

ありません。婚礼においては、夫婦としての幸せな結婚生活が続いていきます。時には、ケンカしたり、上手くいかないこともあるでしょう。こうした時に、思い出されるのは、結婚式や披露宴のシーンではないでしょうか。神様の前で愛を誓い、親族をはじめ、たくさんの友人や会社の方々に祝福された〝あの時〟を思い出し、「自分が悪かった。仲直りしよう」とか「あの時の気持ちを思い出して二人でこれからも歩んでいこう」など、お互いに思いやりを持って歩み寄ることができます。そうすれば、きっと仲直りをすることができると思います。

　こうして、二人の間には持続的幸福が続いていくことでしょう。

　一方、葬儀においては、「故人を故人らしく、しっかりとお見送りできた」このこと自体が持続的な幸福につながってきます。なぜならば、

PDCA

P lan（計画）

D o（実行）

C heck（評価）

A ct（改善）

CHSW

C ompassion（思いやり）

S mile（笑顔）

H appiness（幸せ）

W ell-being（持続的幸福）

葬儀をすること自体がグリーフケアの側面を持っているからです。加えて、サンレーでは、グリーフケア士によるご遺族の悲嘆ケアにも注力しています。また、ご遺族の会である「月あかりの会」や、同じ悲嘆をもつ自助グループ「うさぎの会」など多様な角度から、持続的な心の安定（幸福）をサポートさせていただいています。

　このように、「ＣＳＨＷ」は、Compassion（思いやり）⇩ Smile（笑顔）⇩ Happiness（幸せ）⇩ Well-being（持続的幸福）と進んでいきます。そして、Well-being（持続的幸福）を感じている人は、Compassion（思いやり）を周囲の人々に提供・拡大していくことができます。これが「ＣＳＨＷ」のハートフル・サイクル（ｐ214～215参照）です。すなわち、ハートフル・サイクルはそこで回り続けるのではなく、周囲を巻き込みながら拡大し「思いやり」を社会に拡散をしていくサイクルなのです。

　このハートフル・サイクルが社会に浸透した状態が「ハートフル・ソサエティ」であり、「心ゆたかな社会」であり、「互助共生社会」なのです。サンレーは、その起点となるべく「ＣＳＨＷ」ハートフル・サイクルを回し続けます。

CSHW サークルの拡大

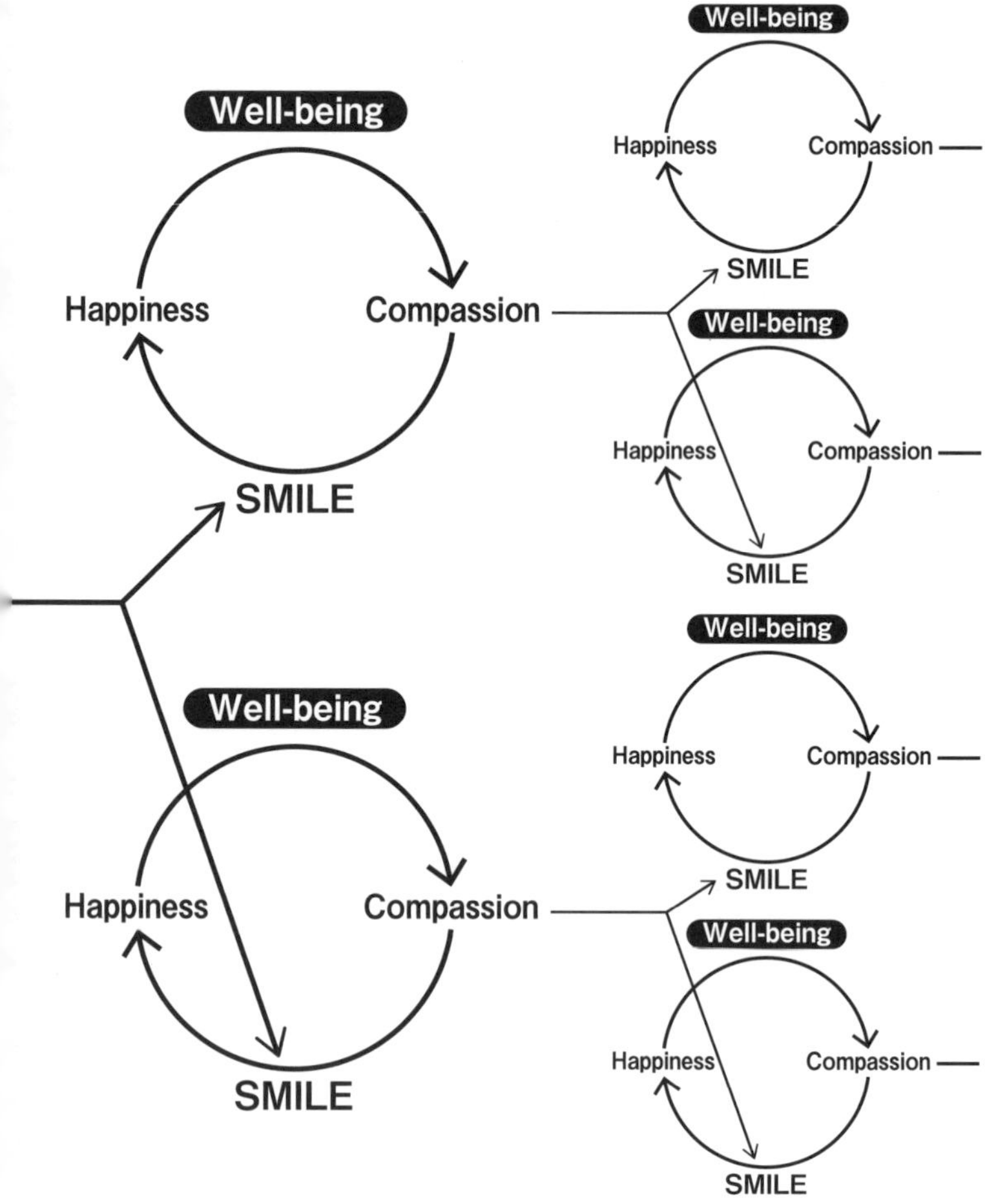

ハートフル・ソサエティの実現へ

あとがき

死生観は究極の教養である

長い人類の歴史の中で、今ほど「老いる覚悟」と「死ぬ覚悟」が求められる時代はありません。特に「死」は、人間にとって最大の問題です。これまで数え切れないほど多くの宗教家や哲学者が「死」について考え、芸術家たちは死後の世界を表現してきました。医学や生理学を中心とする科学者たちも「死」の正体をつきとめようと努力してきました。それでも、今でも人間は死に続けています。死の正体もよくわかっていません。実際に死を体験することは一度しかできないわけですから、人間にとって死が永遠の謎であることは当然だと言えます。まさに死こそは、人類最大のミステリーなのです。

なぜ、自分の愛する者が突如としてこの世界から消えるのか。そしてこの自分さえ消えなければならないのか。これほど不条理で受け入れがたい話はありません。その不条理に対して、わたしたちに与えられた「こころの鎧」が死生観というものです。高齢者の中には「死ぬのが怖い」という人がいますが、死への不安を抱えて生きることは一番の不幸でしょう。教養とは「こころ」を豊かにするものであるなら、死生観は究極の教養です。

死の不安を解消するには、自分自身の葬儀について具体的に思い描くのが一番いいでしょう。親戚や友人のうち誰が参列してくれるのか。そのとき参列者は自分のことをどう語るのか。理想の葬儀を思い描けば、いま生きているときにすべきことが分かります。

参列してほしい人とは日頃から連絡を取り合い、付き合いのある人には感謝する習慣を付けたいものです。生まれれば死ぬのが人生です。死は人生の総決算。自身の葬儀の想像とは、死を直視して覚悟すること。覚悟してしまえば、生きている実感が湧いてきて、心もゆたかになるでしょう。葬儀は故人の「人となり」を確認すると同時に、そのことに気づく場になりえます。葬儀は旅立つ側から考えれば、最高の自己実現の場であり、最大の自己表現の場であると考えます。

「教養」を意味する英語に「リベラルアーツ」という言葉があります。リベラルアーツを直訳すると「自由の技術」です。つまり、本来意味するところは「自由になるための手段」ということになります。人間が己を縛り付ける固定観念や常識から解き放たれ、「自らに由って」考えながら、自分自身の価値基準を持って生きていくために、リベラルアーツは存在するのです。ビジネス書の分野で多くのベストセラーを書いている山口周氏は、著書『自由になるための技術　リベラルアーツ』（講談社）で、「現代をしたたかに生きていこうとするのであれば、リベラルアーツほど強力な武器はない」と述べています。

山口氏は、「リベラルアーツを、社会人として身につけるべき教養、といった薄っぺらいニュアンスで捉えている人がいますが、これはとてももったいないこと」とも述べ、リベラルアーツが「自由になるための技術」であることを強く訴えます。

では、「自由になるための技術」の「自由」とは何か。もともとの語源は『新約聖書』の「ヨハネ福音書」の第八章三二節にあるイエスの言葉、「真理はあなたたちを自由にする」から来ています。「真理」とは読んで字のごとく、「真の理《ことわり》」です。時間を経ても、場所が変わっても変わらない、普遍的で永続的な理《ことわり》が「真理」であり、それを知ることによって人々は、その時、その場所だけで支配的な物事を見る枠組みから、自由になれるのです。その時、その場所だけで支配的な物事を見る枠組み、それは例えば「金利はプラスである」という思い込みなどです。山口氏は、「目の前の世界において常識として通用して誰もが疑問を感じることなく信じ切っている前提や枠組みを、一度引いた立場で相対化してみる、つまり『問う』ための技術がリベラルアーツの真髄ということになります」と述べています。

リベラルアーツが「自由になるための技術」であるということはわたしも山口氏と同意見ですが、「自由」について深く考えた場合、反対の「不自由」とは何かを考えざるをえません。そして、人間にとって最大の不自由とは「死」であることに気づきます。ならば、究極のリベラルアーツとは「死から自由になるための技術」、さらに言うならば、「死の不安から自由になるための技術」だと言えないでしょうか。もともと、哲学・芸術・宗教といったリベラルアーツの主要ジャンルは「死の不安からの自由」がメインテーマです。

そもそも、哲学とは何でしょうか。また、芸術とは、宗教とは何か。一言で語るならば、それらは人間が言語を持ち、それを操り、意識を発生させ、抽象性を持つようになったことと引き換えに得たものです。人間はもともと宇宙や自然の一部であると自己認識していました。しかし、意識を持ったことで、自分がこの宇宙で分離され、孤立した存在であることを知り、意識のなかに不安を宿してしまったのです。それを「分離の不安」と言います。

「分離の不安」が言語を宿すことによって生じたのであれば、その言語を操る理性や知性からもう一度「感性」のレベルに状態を戻し、不安を昇華させようとする営みが芸術であると言えるでしょう。さらに、麻薬を麻薬で制するがごとくに、言語で悩みが生じたのであれば、それを十分に使いこなすことによって真理を求め、悟りを開こうとしたのが哲学でした。そして宗教とは、その教義の解読とともに、祈り、瞑想、座禅などの行為を通して神、仏といったこの世の創造者であり支配者であろうと人間が考える存在に帰依し、心の安らぎを得ようとする営みでした。

わたしは、『死を乗り越える読書ガイド』、『死を乗り越える映画ガイド』、『死を乗り越える名言ガイド』(いずれも現代書林)の三部作を上梓しました。これらは、いずれもグリーフケアの書として書きました。わたしは現在、グリーフケアの研究と実践に取り組んでいますが、グリーフケアという営みの目的には「死別の悲嘆の軽減」と「死の不安の克服」の両方があります。後者である「死の不安の克服」とは「死の不安からの自由」というリベラルアーツの本質と同じです。もともと、グリーフケアの中には哲学も芸術も宗教も含まれており、ほとんどリベラルアーツと同義語と言ってもよいでしょう。リベラルアーツ=グリーフケアこそは、現在の超高齢社会および多死社会における「最重要の知」ではないでしょうか。そして、それはそのまま「究極の教養」にほかなりません。

一条真也（いちじょう・しんや）

1963年、福岡県生まれ。早稲田大学政経学部卒業。作家。(株)サンレー代表取締役社長。九州国際大学客員教授。全国冠婚葬祭互助会連盟（全互連）会長、一般社団法人　全日本冠婚葬祭互助協会（全互協）副会長を経て、2024年、一般財団法人　冠婚葬祭文化振興財団の理事長に就任。2012年、第２回「孔子文化賞」受賞。日本におけるグリーフケア研究および実践の第一人者である。上智大学グリーフケア研究所の客員教授を務め、全互協のグリーフケアＰＴ座長として資格認定制度を創設した。
「天下布礼」の旗を掲げ、人間尊重思想を広めるべく作家活動にも情熱を注ぎ続けている。主な著書に、『儀式論』（弘文堂）、『決定版　冠婚葬祭入門』『決定版　年中行事入門』（ともにＰＨＰ研究所）、『心ゆたかな社会』『心ゆたかな読書』『心ゆたかな映画』『死を乗り越える読書ガイド』『死を乗り越える映画ガイド』『死を乗り越える名言ガイド』（以上、現代書林）、『ウェルビーイング？』『コンパッション！』『ロマンティック・デス』『リメンバー・フェス』（以上、オリーブの木）など多数。

一条真也オフィシャルサイト
https://heartful-moon.com/

心ゆたかな言葉

2024 年 11 月 18 日　初版第 1 刷
2024 年 12 月 10 日　初版第 2 刷

著　　　者 ――――― 一条《いちじょう》真也《しんや》
発　行　者 ――――― 坂本桂一
発　行　所 ――――― 株式会社オリーブの木
〒 161-0031
東京都新宿区西落合 4-25-16-506
www.olivetree.co.jp
発　　　売 ――――― 星雲社（共同出版社・流通責任出版社）
カバーデザイン ――――― 吉崎広明
本　文 DTP ――――― 渡邉志保

印刷・製本　株式会社ルナテック
乱丁・落丁本はお取り替えいたします。
定価はカバーに表示してあります。

ISBN978-4-434-35080-1 C0090

「心ゆたかな」シリーズ①

心ゆたかな社会

一条真也

「ハートフル・ソサエティ」とは何か
コロナ禍の中、アフターコロナ、ポストコロナを見据えた提言の書。ホスピタリティ、マインドフルネス、グリーフケア、セレモニー次なる社会のキーワードはすべて「こころ」へとつながる。著者100冊めにあたる！

本体価格1600円（税別）

「心ゆたかな」シリーズ③

心ゆたかな映画

ハートフル・シネマズ

映画は愛する人を亡くした人への贈り物——
ネットで大人気の映画レビューの待望の書籍化が実現。世界的大ヒットからミニシアターの佳作まで厳選の百本を網羅しました。

一条真也

本体価格２０００円（税別）